손에
잡히는 한국어!

韓國語,
一學
就上手! 初級 2

張莉荃
(Angela)

著

將學習韓語的目標化做行動力

　　筆者是出生於韓國首爾的韓國華僑，自小就受中、韓雙語教育，因此中文、韓文都是我的母語，爾後輾轉回到臺灣就讀大學，並在此落地生根。

　　由於出生背景擁有中、韓雙母語優勢，進而從事 20 多年韓語教學相關工作，累積了許多韓文筆譯、口譯及教學經驗，因此能明確掌握中、韓文的相異及相似之處，也促使我想透過這本書，希望帶給更多想接觸韓語的學習者，能夠有更好的學習成果，也就是我希望能讓大家在學習韓語的過程中，能夠有明確的學習目標，同時能將此目標化做更具體的實際執行力，來學習好韓語。

　　《韓國語，一學就上手！》分為〈初級 1〉、〈初級 2〉兩冊，未來還有〈進階〉的出版計畫。〈初級 1〉由「預備篇」的發音，一直到正課第 1 課～第 9 課，適合剛入門韓語的讀者學習。本書同樣是由貼近生活的會話、實用文法等主題及內容，更以一針見血的說明方式破解韓語學習者們在文法上的疑惑，並以系統化的無痛學習法，帶你踏上親近韓語的輕鬆學習之路。而學完〈初級 1〉，更不能錯過〈初級 2〉，因為銜接的內容，能增進韓語實力，以奠定初級韓語基礎以及寫作實力。

　　如果您是喜歡韓國男團、女團的哈韓族，或是喜歡韓劇的追劇一族，又或是嗜吃韓國美食的老饕、喜愛到韓國旅遊的遊人，那麼絕對不能錯過這一本對韓語學習者最友善的韓語敲門磚《韓國語，一學就上手！〈初級 2〉》。

張莉荃

2020.7

HOW TO USE THIS BOOK 如何使用本書

　　《韓國語，一學就上手！〈初級 2〉》是張莉荃老師根據多年教學經驗，為韓語初學者量身打造的學習書。全書 9 課正課，每課學習內容如下：

重點文法提示

清楚整理該課文法重點，課前了解學習目標，學習更有效率。

會話

每課都有 2 篇會話，涵蓋食、衣、住、行各類主題，搭配 MP3 音檔，邊聽邊學，迅速提升會話能力。

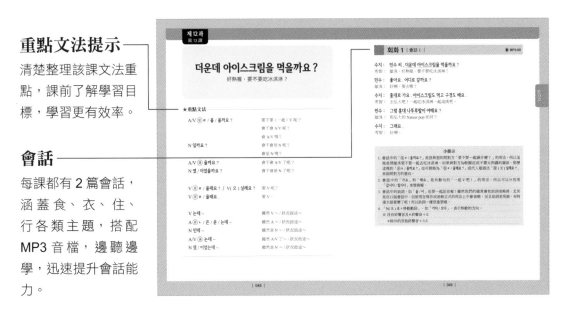

翻譯練習

練習將中文翻譯成韓文，從翻譯過程中增強韓文寫作實力。

替換練習

將 2 組不同的單字套用到會話中，多練習幾次，就能輕鬆學會日常用語。

短句練習

依照中文翻譯提示，填入正確單詞練習完成短句，加強造句實力。

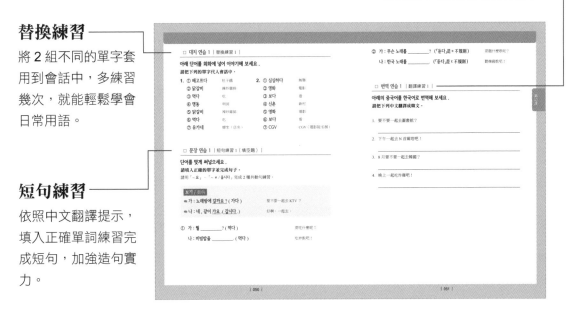

文法

詳細解説每課重點文法，使用豐富例句及表格講
解，切入文法核心，讓您迅速掌握用法。

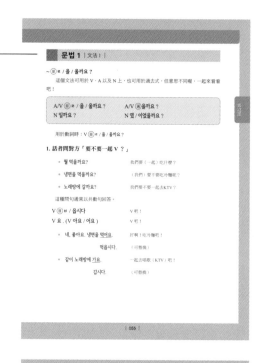

單字

羅列該課出現過的單字，用來課後複習，可加深
印象，擴充單字量。

輕鬆一下

除了學會聽、說、讀、寫韓語之外，每課最後還有韓國時下常用流行語，讓您跟上流行，即刻融入韓國文化。

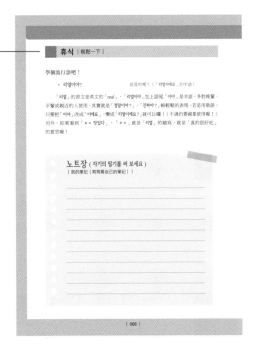

解答

附有全書 9 課練習題解答，做完練習題後，別忘了檢測自己的實力喔！

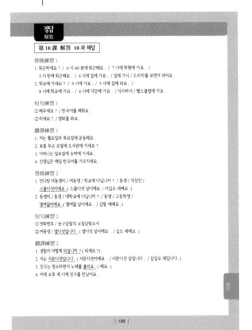

單字索引

全書最後的單字索引，羅列全書出現過的單字，方便隨時查閱與複習。

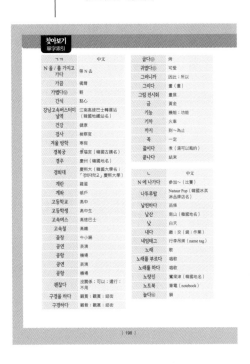

CONTENTS 目次

부산이 서울보다 더워요 .

釜山比首爾熱。

本書中出現的三大詞性分別標示如下：

形容詞（Adjective）標示為 A

名詞（Noun）標示為 N

動詞（Verb）標示為 V

（一）韓文的文法，總共只會用 3 種形式來代入

1. 原形（A/V 去다來代入）

本書標示為 原

例：V 原 ㅂ / 습니다 .

먹다 + 습니다 .

저는 밥을 먹습니다 .　　　　　　　　　　　　我在吃飯。

2. 原形及過去式原形（視時態而有所不同，由 A/V 去다來代入，A/V 過去式原形
앗 / 었則去다來代入。）

本書標示為 原 / 過

例：A/V 過 을 수 (가) 있다 .

먹었다 + 을 수 (가) 있다 .

지우 씨가 그 케이크를 먹었을 수 있어요 .　　　有可能是智宇吃了那個蛋糕

3. 아 / 어 ~ 形式（非格式體一般式去요形式）

因也有約半數左右的單字，其實變化後並不會有아 / 어，所以本書標示為 ⊗（即
非格式體一般式去요形式）

例：⊗서 ~

너무 더워서 아이스크림을 먹었어요 .　　　　因為太熱，所以吃了冰淇淋。

（二）韓文的不規則單字

韓文有不規則單字，除了熟悉文法之外，了解各種不規則單字如何使用於文
法亦相當重要，因此本書亦分別以下列方式，讓大家輕鬆了解那些是不規則單字。

ㄹ：表示ㄹ不規則單字

ㄷ：表示ㄷ不規則單字

ㅂ：表示ㅂ不規則單字

ㅅ：表示ㅅ不規則單字

ㅎ：表示ㅎ不規則單字

ㅡ：表示ㅡ不規則單字

러：表示러不規則單字

르：表示르不規則單字

우：表示우不規則單字

※大部分的不規則變化的單字，遇到母音時都會產生變化。而這裡指的母音是「으」或「을」之類的情況，因為「ㅇ」的音價是零，所以會直接稱為母音，但為了讓大家比較好記，所以本書中皆說明為「遇到ㅇ」。

● 한국 노래를 들을래요?   要不要聽韓國歌？

（三）當「ㅂ不規則單字」代入文法時

很多文法會以「으」或「을」形式呈現，不過當ㅂ不規則單字要代入該文法時，「으」或「을」會變成「우」或「울」，因此本書在較常會代入的文法上，以「으/우~」或「을/울~」表達。「우~」和「울~」都是給ㅂ不規則變化的單字使用喔。

例：A/V ㄹ/을/울 거예요.

내일은 추울 거예요.   明天可能會冷。

（四）終聲音有（○）、無（×）的標示

（○）、（×）標示的部分，（○）表示前面名詞有終聲音時使用，反之（×）表示前面的名詞沒有終聲音時使用。

例：N₁ 은/는 N₂ 입니다.
    （○）（×）

이것은 책상입니다.   這是書桌。

이것有終聲音＋은

저는 한국 사람입니다.   我是韓國人。

저沒有終聲音＋는

저는 아침 7 시에 일어나요 .

我早上 7 點起床。

★**重點文法**

V 原 ㅂ / 습니다 .   V 。

V 原 ㅂ / 습니까 ?   V 嗎 (呢) ？

V 아 / 어요 .   V 。

V 아 / 어요 ?   V 嗎 (呢) ？

V₁ 原 (으) 면서 V₂   一邊 V₁ ～ 一邊 V₂

숫자   數字

수미 : 준우 씨는 몇 시에 일어나세요?
秀美：　俊宇，你都幾點起床？

준우 : 저는 보통 7 시 반에 일어나요.
俊宇：　我通常 7 點半起床。

　　　　그리고 9 시에 출근해요.
　　　　然後 9 點上班。

　　　　수미 씨는요?
　　　　秀美妳呢？

수미 : 저는 7 시쯤에 일어나요.
秀美：　我大約 7 點左右起床。

　　　　그리고 8 시 30 분에 회사에 가요.
　　　　然後 8 點 30 分去公司。

준우 : 퇴근하시고 뭘 하세요?
俊宇：　下班後做什麼？

수미 : 저녁을 먹고 공원에서 음악을 들으면서 산책해요.
秀美：　吃完晚餐後，在公園聽著音樂散步。

小提示

1. 會話中疑問句皆使用敬語法。

2. 7 시 반　　→ 일곱 시 반
　　9 시 반　　→ 아홉 시 반
　　7 시　　　→ 일곱 시
　　8 시 30 분 → 여덟 시 삼십 분
　　數字需要花時間慢慢記，看到阿拉伯數字時，也可以試著把正確的字寫下來喔。

3. 「N 쯤」（大約）N 左右，通常用於時間、數量等，可與「N 정도」替換使用，「정도」的表現較正式（與前面的 N 空格）。

□ **대치 연습 1** │ 替換練習 1 │

아래 단어를 회화에 넣어 이야기해 보세요 .
請把下列的單字代入會話中。

1. ① 퇴근하시다 　　　　　　 下班
   ② 6 시 40 분에 퇴근하다 　 6 點 40 分下班
   ③ 7 시에 학원에 가다 　　 7 點去補習班
   ④ 5 시 반에 퇴근하다 　　 5 點半下班
   ⑤ 6 시에 집에 가다 　　　 6 點回家
   ⑥ 집에 가시다 　　　　　 回家
   ⑦ 드라마를 보면서 쉬다 　 看連續劇休息

2. ① 학교에 가시다 　　　　 去學校
   ② 9 시에 가다 　　　　　 9 點去
   ③ 5 시에 집에 오다 　　　 5 點回家
   ④ 8 시에 학교에 가다 　　 8 點去學校
   ⑤ 6 시에 식당에 가다 　　 6 點去餐廳
   ⑥ 식사하시다 　　　　　 用餐
   ⑦ 헬스클럽에 가다 　　　 去健身房

□ **문장 연습 1** │ 短句練習 1（填空題）│

단어를 맞게 써넣으세요 .
請填入正確的單字並完成句子。

> **보기 /** 範例
>
> 💬 가 : 수요일에 어디에 **가십니까** ? (가시다) 　　星期三去哪裡？
>
> 💬 나 : 수요일에는 **마트에 가요** . (마트에 가다) 　星期三我去大賣場。

① 가 : 언제 한국어를 _____? (배우시다)　　　什麼時候學韓文？

　　 나 : 토요일에 _____. (한국어를 배우다)　　星期六學韓文。

② 가 : 주말에 보통 뭘 _____? (하시다)　　　週末通常都做什麼？

　　 나 : 친구를 만나고 같이 _____. (영화를 보다)　見朋友然後一起看電影。

□ 번역 연습 1 ｜翻譯練習 1｜

아래의 중국어를 한국어로 번역해 보세요 .
請把下列中文翻譯成韓文。

1. 我星期一和星期四運動。

_____

2. 你通常星期幾去圖書館？

_____

3. 媽媽星期日去超市。

_____

4. 老師每天教韓文。

_____

수지 : 민수 씨 가족이 어떻게 되세요 ?
秀智 : 敏洙，請問你家有幾個人？

민수 : 부모님이 계시고 형이 하나 , 그리고 여동생이 한 명 있습니다 .
敏洙 : 有父母親，一個哥哥和一個妹妹。

모두 다섯입니다 .
總共五個人。

수지 씨는 형제가 어떻게 되십니까 ?
秀智，妳有幾個兄弟姊妹呢？

수지 : 저는 오빠랑 남동생이 하나 있어요 .
秀智 : 我有一個哥哥和弟弟。

민수 : 동생은 회사에 다닙니까 ?
敏洙 : 弟弟在上班嗎？

수지 : 아니요 , 동생은 대학생이에요 .
秀智 : 不，弟弟是大學生。

스물하나예요
二十一歲。

小提示

1. 「N 이 / 가 어떻게 되십니까 ? (되세요 ?)」（請問您的 N 是？）這是很禮貌地詢問與對方有關的訊息之方式，如：姓名、年齡、電話等，有代入敬語法，另外也可用於詢問一般的事項，如「회의 시간이 어떻게 됩니까 ? (돼요 ?)」（會議是幾點？）此時無需抬高為敬語。

2. 會話中敏洙說他家人總共五個人，可用「다섯 명입니다 .」或「다섯입니다 .」（可不加單位量詞）來表達。

3. 兄弟姊妹為「형제자매」，但通常會以「형제」來詢問。

4. 表達年齡時，可以「漢字音數字＋세」或「固有語數字＋살」或「固有語數字＋입니다 / 예요 / 이에요」。

  例 : 21 歲可以用下列方式表達。

    ① 이십일 세입니다 . / 이십일 세예요 .

    ② 스물한 살입니다 . / 스물한 살이에요 .

    ③ 스물하나입니다 . / 스물하나예요 .

아래 단어를 회화에 넣어 이야기해 보세요 .
請把下列的單字代入會話中。

1. ① 언니랑 여동생 　　　姊姊和妹妹
   ② 여동생 　　　　　　妹妹
   ③ 학교에 다니다 　　　上學（唸書）
   ④ 동생 　　　　　　　妹妹
   ⑤ 직장인 　　　　　　上班族
   ⑥ 25 　　　　　　　　25 歲

2. ① 동생 　　　　　　　弟弟 / 妹妹
   ② 동생 　　　　　　　弟弟 / 妹妹
   ③ 대학교에 다니다 　唸大學
   ④ 동생 　　　　　　　弟弟 / 妹妹
   ⑤ 고등학생 　　　　　高中生
   ⑥ 18 　　　　　　　　18 歲

단어를 맞게 써넣으세요 .
請填入正確的單字並完成句子。

請把提示中的數字寫成文字。

보기 / 範例

💬 가 : <u>연락처</u>가 어떻게 되세요 ? (연락처)　　　　請問您的聯絡方式是？

💬 나 : <u>공구일오의 육칠팔오팔구</u>입니다 . (0915-678589)　0915-678589。

＊ 電話號碼的「－」→「의」

＊ 0「영」但用於電話號碼時是「공」

---

① 가 : ＿＿＿＿＿＿ 가 어떻게 되십니까 ? (전화번호)　　請問您的電話號碼是？

　　나 : ＿＿＿＿＿＿ 입니다 . (0938-573854 　)　　　0938-573854。

② 가 : _____ 이 몇 살이에요 ? (여동생)　　　妹妹幾歲？

　나 : _____. (15)　　　　　　　　　　15 歲。

□ **번역 연습 2** ｜翻譯練習 2 ｜

아래의 중국어를 한국어로 번역해 보세요 .

請把下列中文翻譯成韓文。

1. 請問您的大名（芳名）是 ?

　　_____

2. 我 35 歲。

　　_____

3. 朋友一邊打掃一邊唱歌。

　　_____

4. 昨天下午 3 點見了朋友。

　　_____

V (原)ㅂ / 습니다 .　　　　V 아 / 어요 .

V (原)ㅂ / 습니까 ?　　　　V 아 / 어요 ?

　　這個文法我們早在動詞格式體章節中已學過,除了用在表達「現在」與「未來」,亦會用來表達「常態」與「習慣」。

- 저는 (지금) 드라마를 봅니다.　　　　我（現在）在看連續劇。

- 저는 내일 영화를 봐요.　　　　我明天看電影。

※明天是未來的時間,一樣可以使用,當然也可以使用表達未來意向及計劃的文法。
　　如:「V (原) 겠~」或「V (原) ㄹ/을/울 거예요.」等。

✱ 習慣與常態

- 저는 (매일) 아침 7시에 일어나요.　　　　我（每天）早上7點起床。

※句中即使是省略了「매일」意思也相同,更常與副詞「보통」（通常）一起使用。

- 저는 보통 아침 7시에 일어나요.　　　　我通常早上7點起床。

- 장 선생님은 한국어를 가르치십니다.　　　　張老師在教韓文。

- 친구는 커피숍에서 공부해요.　　　　朋友在咖啡廳唸書。

문법 2 | 文法 2 |

$$V_1 \text{⑩} (\text{으}) \text{면서} \sim V_2 \qquad \text{一邊} V_1 \sim \text{一邊} V_2$$

1. 代入方法

① V 原形去다	
②有終聲音（ㄹ除外）＋으면서	먹다 → 먹으면서
③沒有終聲音（含ㄹ）＋면서	보다 → 보면서、만들다 → 만들면서
④ㄷ不規則，遇ㅇ、ㄷ變「ㄹ」	듣다 → 들으면서
⑤ㅂ不規則，遇ㅇ、ㅂ脫落母音變「ㅜ」	돕다 → 도우면서

2. 前後主語要相同

- 저는 커피를 마시면서 한국어를 공부해요.

  我一邊喝咖啡一邊唸韓文。（我喝著咖啡唸韓文。）

※前後主語若不同時，用「~고~」或「~지만~」。

- 저는 커피를 마시고 친구는 한국어를 공부해요.

  我喝咖啡，（而）朋友唸韓文。

- 저는 커피를 마시지만 친구는 한국어를 공부해요.

  我喝咖啡，（但）朋友唸韓文

3. 時態做在後面

- 저는 (어제) 커피를 마시면서 한국어를 공부했어요.

  我（昨天）一邊喝咖啡一邊唸韓文。

- 저는 (내일) 커피를 마시면서 한국어를 공부할 거예요.

  我（明天）要一邊喝咖啡一邊唸韓文。

- 밥을 먹으면서 드라마를 봐요.　　　一邊吃飯一邊看連續劇。

숫자 數字

韓文數字分為二種，分別為「漢字音數字」及「固有語數字」。

1. 漢字音數字（以下簡稱中式阿拉伯數字）

通常用於下列單位量詞，以及尺寸及重量、速度等等。

月	日 / 日期 / 天數	年	級	分	秒	課	歲
월	일	년	급	분	초	과	세
月（個月）	元（金額）	樓層	人份	號（碼）			
개월	원	층	인분	번			

- 일 번　　　1號（號碼）
- 일 급　　　1級
- 일월　　　1月
- 일 개월　　　1個月

2. 固有語數字，也就是純韓文數字（以下簡稱韓式數字）

通常用於下列單位量詞：

位	個人	個	張	台	瓶	杯	碗
분	사람 / 명	개	장	대	병	잔	그릇
本	隻 / 條	朵	串（水果）	顆（蔬菜）	束	袋	盒
권	마리	송이	송이	포기	다발	봉지	팩
箱子	box	件（衣服）	點（時間）	鐘頭	歲	次數	月（個月）
상자	박스	벌	시	시간	살	번	달

- 한 살　　　1歲
- 한 번　　　1次
- 한 달　　　1個月

※背單位量詞時，建議連同1個數字一起記。

3. 數字對照表

	中式阿拉伯數字	韓式數字	韓式數字＋單位量詞
1	일	하나	한 N
2	이	둘	두 N
3	삼	셋	세 N
4	사	넷	네 N
5	오	다섯	다섯 N
6	육	여섯	여섯 N
7	칠	일곱	일곱 N
8	팔	여덟	여덟 N
9	구	아홉	아홉 N
10	십	열	열 N
11	십일	열하나	열한 N
12	십이	열둘	열두 N
13	십삼	열셋	열세 N
14	십사	열넷	열네 N
15	십오	열다섯	열다섯 N
16	십육	열여섯	열여섯 N
17	십칠	열일곱	열일곱 N
18	십팔	열여덟	열여덟 N
19	십구	열아홉	열아홉 N
20	이십	스물	스무 N
30	삼십	서른	서른 N
40	사십	마흔	마흔 N
50	오십	쉰	쉰 N
60	육십	예순	예순 N

	中式阿拉伯數字	韓式數字	韓式數字＋單位量詞
70	칠십	일흔	일흔 N
80	팔십	여든	여든 N
90	구십	아흔	아흔 N
100	백	백	백 N
1 千	천	천	천 N
1 萬	만	만	만 N
10 萬	십만	십만	십만 N
100 萬	백만	백만	백만 N
1000 萬	천만	천만	천만 N
1 億	일억	일억	일억 N
1 兆	일조	일조	일조 N

4. 延伸補充

（1）韓式數字 1、2、3、4、20 加上單位量詞時，數字的文字會產生變化喔。

- 1 하나　→　한 개　　1個

- 2 둘　　→　두 개　　2個

- 3 셋　　→　세 개　　3個

- 4 넷　　→　네 개　　4個

- 20 스물 →　스무 개　　20個

（2）但 21 ～ 29 再加上單位量詞時，20「스물」本身不會變，因為與單位量詞間還有數字。

- 21 스물하나　→　스물한 개　　21個

- 29 스물아홉　→　스물아홉 개　　29個

（3）中式阿拉伯數字與韓式數字從 100 起就都相同了。

（4）100/1000/10000/100 萬 /1000 萬

　　백 / 천 / 만 / 백만 / 천만

　　中文在表達這些數字時，都有個「一」但韓文不加「일」而是直接說喔。

（5）加入名詞時的順序：（因與中文不同，要特別留意）

　　N ＋數量＋單位量詞

- 사과 한 개　　　　　　　　1顆蘋果

- 개 한 마리　　　　　　　　1隻狗

- 비빔밥 한 그릇　　　　　　1碗拌飯

- 불고기 일 인분　　　　　　1人份烤肉

（6）數字的書寫方式

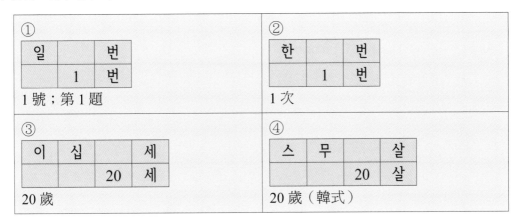

①			②		
일		번	한		번
	1	번		1	번
1 號；第 1 題			1 次		

③				④			
이	십		세	스	무		살
		20	세			20	살
20 歲				20 歲（韓式）			

（7）時間：「時（～點 / ～小時）」用韓式，分秒皆中式。

時 / 分 / 秒 韓式 / 中式 / 中式	1 시 1 분 1 초 한 시 일 분 일 초 1 點 1 分 1 秒
	1 시간 1 분 1 초 한 시간 일 분 일 초 1 小時又 1 分 1 秒

＊1시 30분 = 1시 반

　한 시 삼십 분 = 한 시 반

（8）月份與日期

①月份

일월	1 月	칠월	7 月
이월	2 月	팔월	8 月
삼월	3 月	구월	9 月
사월	4 月	＊시월	10 月
오월	5 月	십일월	11 月
＊유월	6 月	십이월	12 月

※6月유월和10月시월要留意喔！

＊月份

中式數字＋월	일월	1 月

＊～個月（月份長度）

中式數字＋개월＝韓式數字＋달	1 個月
일　개월＝　　　한　달	

②日期

일 일 이 일 ↓ 삼십일 일	1 日（中文習慣說 1 號）
	2 日（中文習慣說 2 號）
	31 日（中文習慣說 31 號）

유월 육 일	6 월 6 일	6 月 6 日
일월 삼 일	1 월 3 일	1 月 3 日
시월 이십 일	10 월 20 일	10 月 20 日

單字代文法練習

1. A/V ⑩ㅂ / 습니다.　 A/V 아 / 어요.

單字	A/V ⑩ㅂ / 습니다.	A/V 아 / 어요.
마시다　喝	마십니다.	마셔요.
자다　　睡覺	잡니다.	자요.
구경하다　觀看	구경합니다.	구경해요.

2. V ⑩ (으) 면서 ~

單字	V ⑩ (으) 면서 ~
팔다ㄹ 賣	팔면서 ~
걷다ㄷ 走	걸으면서 ~
마시다 喝	마시면서 ~

아침	N 早上；早餐	퇴근하다	V 下班
점심	N 中午；中餐	쯤	接尾詞 大約～左右
저녁	N 傍晚；晚餐	정도	N 大約～左右
오전	N 上午	산책하다	V 散步
오후	N 下午	헬스클럽	N 健身房（health club）
새벽	N 凌晨	마트	N 大賣場（mart）
밤	N 晚上；夜晚；栗子	슈퍼 (마켓)	N 超市（super market）
낮	N 白天	다니다	V 上～（班）；上～（學）；（固定）去～
간식	N 點心	초등학생	N 國小生
야식	N 宵夜	중학생	N 國中生
일어나다	V 起床；起來；發生	고등학생	N 高中生
보통	adv 通常	대학생	N 大學生
사과	N 蘋果；道歉	대학원생	N 研究所（碩士班、博士班）學生
월	N 月	초등학교	N 國小
일	N 日；事情；工作	중학교	N 國中
몇	冠形詞 幾～	고등학교	N 高中
출근하다	V 上班		

대학교	**N** 大學
대학원	**N** 研究所（碩士班、博士班）
회의	**N** 會議
시간	**N** 時間
연락처	**N** 聯絡方式（電話；電子郵件信箱；地址等）
전화번호	**N** 電話號碼
이메일 주소	**N** 電子郵件（e-mail）信箱
주소	**N** 地址
노래	**N** 歌
노래를 하다	**V** 唱歌
노래를 부르다	**V** 唱歌

學個流行語吧！

- 인정（半語） 　　　　　　認同；承認

在網路上常被縮寫為「ㅇㅈ」，相反的，不認同時加一個「노」（NO），意思就是「노 인정」（No 認同、不認同），同樣被縮寫為「ㄴㅇㅈ」。

노트장 (자기의 필기를 써 보세요)
| 我的筆記（寫寫看自己的筆記）|

친구를 만나서 영화를 봐요.

我見朋友後一起去看電影。

★重點文法

V⊗서~	V 後~
V�原(으)려고 하다	想要 V~
V�原(으)려고~	為了要 V~
A⊗지려고~	為了要變 A~
N 이 / 가 되려고~	為了要成為 N~

준우 : **주말에 뭘 하실 거예요**?

俊宇 : 你週末要做什麼?

수미 : **타이베이에 가려고 해요**.

秀美 : 我想要去臺北。

친구를 만나서 영화를 보려고 해요.

我想見朋友後,一起去看電影。

준우 : **무슨 영화를 보려고 하세요**?

俊宇 : 你想要看什麼電影?

수미 : **'엑시트'를 보려고 해요**.

秀美 : 想要看《出口》。

준우 씨는요?

俊宇你呢?

준우 : **저는 친구하고 야구를 하려고 해요**.

俊宇 : 我想和朋友打棒球。

小提示

1. 「V 原 (으) 려고 해요 ./?」和「V 原 ㄹ / 을 / 울 거예요 ./?」,皆可用來表達意向,但如果要細看其中之差異,前者是「想要 V」,所以只要有這想法就可以用了,而後者是「要 V ～」,就更接近實際行動了,只是我們有時已經是「打算要去做了」,也還是會表達成「想要 V」,所以也可替換著使用喔。

2. 問句皆有代入敬語法。

□ **대치 연습 1** | 替換練習 1 |

아래 단어를 회화에 넣어 이야기해 보세요.
請把下列的單字代入會話中。

1. ① 금요일   星期五

    ② 강남에 가다   去江南

    ③ 서점에 가다   去書局

    ④ 책을 사다   買書

    ⑤ 무슨 책을 사다   買什麼書

    ⑥ 한국어책을 사다   買韓文書

    ⑦ 식사하다   用餐

2. ① 연휴   連假

    ② 한국에 가다   去韓國

    ③ 동대문 시장에 가다   去東大門市場

    ④ 옷을 사다   買衣服

    ⑤ 무슨 옷을 사다   買什麼衣服

    ⑥ 롱패딩을 사다   買長版羽絨衣

    ⑦ 핑시에 가다   去平溪

□ **문장 연습 1** | 短句練習 1（填空題）|

단어를 맞게 써넣으세요.
請填入正確的單字並完成句子。

보기 / 範例

💬 가 : 내일 뭘 <u>하실 거예요</u>? (하시다)   明天你要做什麼？

💬 나 : 소설책을 <u>읽으려고 해요</u>. (읽다)   想要看小說。

① 가 : 누구를 _____? (만나시다)　　　你要見誰？

　　나 : 미선 씨를 _____. (만나다)　　　我想要見美善。

② 가 : 어디서 옷을 _____? (사시다)　　你要在哪裡買衣服？

　　나 : 동대문 시장에서 _____. (사다)　我想要在東大門市場買。

□ **번역 연습** 1 　│ 翻譯練習 1 │

아래의 중국어를 한국어로 번역해 보세요 .
請把下列中文翻譯成韓文。

1. 我想要去咖啡廳看書。

　　_____

2. 昨天本來想要看電影。

　　_____

3. 想要去清溪川拍照。

　　_____

4. 想要買草莓做草莓蛋糕。

　　_____

회화 2 | 會話 2 |

민석 : 어디에 가십니까 ?
民石 : 妳去哪裡 ?

지혜 : 혜화동에 가려고 해요 .
智慧 : 我想要去惠化洞。

민석 : 혜화동에는 왜요 ?
民石 : 為什麼要去惠化洞呢 ?

지혜 : 공연을 보려고 해요 .
智慧 : 我想要去看表演。

　　　 공연을 보고 백화점에 가서 선물을 사려고 해요 .
　　　 看完表演後想要去百貨公司買禮物。

민석 : 선물요 ?
民石 : 禮物啊 ?

지혜 : 네 , 선물을 사서 친구한테 주려고 해요 .
智慧 : 是，我想買禮物送給朋友。

　　　 민석 씨는요 ?
　　　 民石你呢 ?

민석 : 저는 여행을 가려고 알바해요 .
民石 : 我啊，為了要去旅行打工呢 !

小提示

1. 「혜화동」（惠化洞）也就是我們常說的「대학로」（大學路），在這裡也有很多舞台劇表演喔 !
2. 「한테」也可用「에게」替換，「한테」較口語所以很常使用。

아래 단어를 회화에 넣어 이야기해 보세요 .
請把下列的單字代入會話中。

1. ① 여의도   汝矣島

   ② 여의도   汝矣島

   ③ 벚꽃을 구경하다   賞櫻

   ④ 벚꽃을 구경하고 백화점에 가다   賞櫻後去百貨公司

   ⑤ 목걸이를 사다   買項鍊

   ⑥ 목걸이   項鍊

   ⑦ 목걸이를 사다   買項鍊

   ⑧ 어머니께 드리다   送給媽媽

   ⑨ 한국어를 배우려고 학교에 가다   為了要學韓文去學校

2. ① 인사동   仁寺洞

   ② 인사동   仁寺洞

   ③ 길거리 구경하다   逛街

   ④ 길거리 구경하고 네임태그를 만들다 逛街後去做行李吊牌

   ⑤ 선물을 하다   送禮（送禮物給某人）

   ⑥ 네임태그   行李吊牌

   ⑦ 네임태그를 만들다   做行李吊牌

   ⑧ 친구한테 선물하다   送（禮物給）朋友

   ⑨ 친구를 만나려고 홍대에 가다   為了要見朋友，去弘大（去弘大見朋友）

□ 문장 연습 2 | 短句練習 2（填空題）|

단어를 맞게 써넣으세요.

請填入正確的單字並完成句子。

보기 / 範例

💬 가 : 왜 <u>책을</u> 사고 싶으세요 ? (책을 사다)　你為什麼想買書？

💬 나 : 친구에게 <u>선물하려고 책을 사요</u> . (선물하다 / 책을 사다)

　　為了要送給朋友，而買書。

---

① 가 : 왜 _____고 싶으세요 ? (한국어를 배우다)　為什麼想學韓文？

　나 : 한국 회사에서 _____려고 _____. (일하다 / 한국어를 배우다)

　　為了要在韓國公司上班，而學韓文。

② 가 : 왜 _____고 싶으세요 ? (부산에 가다)　為什麼想去釜山？

　나 : 회를 _____려고 _____. (먹다 / 부산에 가다)

　　為了要吃生魚片，而去釜山。

아래의 중국어를 한국어로 번역해 보세요 .

請把下列中文翻譯成韓文。

1. 想要買一杯咖啡給秀美。

   _____

2. 想要買一件衣服給奶奶。

   _____

3. 你想要買花送給誰？

   _____

4. 敏洙原本想要把項鍊送給誰？

   _____

문법 1 │文法 1│

> V ⊗ 서~

　　在第 7 課，我們學過了「~서~」，那是講述原因的表現，即「因為~所以~」。而本課要學的「~서~」是先後順序的表達，那和第 5 課學到的「V 고~」又有什麼差異呢？一起看看吧！

1. 用「V ⊗ 서~」，表示動作的先後順序

　　此順序的時間前後有密切的關聯，而且因有時間上的先後順序，因此動作的前後無法顛倒過來。

- 친구를 만나서 영화를 봤어요.　　跟朋友見面後（一起）看了電影。

※表示跟朋友事先約好要一起看電影，因此無需加「같이」也知道是一起看電影。先前的課文中，因為尚未學到「~ ⊗ 서~」這種先後順序的用法，所以當時我們用了「V ⑩ 고 같이~」。

- 친구를 만나고 같이 영화를 봤어요.　跟朋友見面後一起看了電影。

※這句是因為加了「같이」，所以才知道是「一起」看電影。（「같이」可與「함께」替換使用）

- 친구를 만나고 영화를 봤어요.　　跟朋友見了面，然後看了電影。

※若是這句，通常就把它視為2件事了，也就是「見了朋友」然後「自己或跟別人去看了電影」。

延伸補充

①

가 : 어제 뭘 했어요 ?　　　　　　　　　　　昨天做了什麼？

나 : 친구를 만나고 영화관에 갔어요 .　　　　見了朋友後，去電影院了。（沒有一起去）

②

가 : 어제 뭘 했어요 ?　　　　　　　　　　　昨天做了什麼？

나 : 친구를 만나서 영화관에 갔어요 .　　　　見了朋友後，去電影院了。（一起去了）

③

가 : 어제 뭘 했어요 ?　　　　　　　　　　　昨天做了什麼？

나 : 시장에 가서 옷을 샀어요 .　　　　　　　去市場買了衣服。

④

가 : 어제 저녁에 뭘 했어요 ?

나 : 식당에 가서 불고기를 먹었어요 .

昨天傍晚做了什麼？

去餐廳吃了烤肉。

⑤

가 : 어제 저녁에 뭘 했어요 ?

나 : 저녁을 먹고 쉬었어요 .

昨天傍晚做了什麼？

吃完晚餐休息了。

⑥

가 : 내일 뭘 할 거예요 ?

나 : 타이베이에 가서 친구를 만날 거예요 .

明天要做什麼？

我要去臺北見朋友。

⑦

가 : 내일 뭘 할 거예요 ?

나 : 학교에 가고 커피숍에 갈 거예요 .

明天要做什麼？

我要先去學校，然後去咖啡廳。

2. 常與「～⊗ 서」（先後）連用的單字

（1）移動動詞，如「가다」（去）、「오다」（來）

　　　N 에 가서 V ＝ 去 N V
　　地點　　行為

- 학교에 가서 한국어를 배워요.　　　　去學校學韓文。

- 우리 집에 와서 (같이) 공부해요.　　　來我家一起唸書吧！

- 노량진에 가서 회를 먹을 거예요.　　　我要去鷺梁津吃生魚片。

（2）常與下列動詞結合使用，表示先做了該行為，後面又繼續其他動作。

　　사다（買）／만들다（做）／빌리다（借）／일어나다（起床）／서다（站）／
　　앉다（坐）／눕다（躺）……

- 선물을 사서 친구에게 줬어요.　　　　買了禮物送給朋友了。

- 케이크를 만들어서 어머니께 드렸습니다.　做了蛋糕送給媽媽了。

- 도서관에서 책을 빌려서 읽을 거예요.　我要在圖書館借書看。

- 저는 매일 아침에 일어나서 운동합니다.　我每天早上起床運動。

- 줄을 서서 티켓을 샀어요.　　　　　　排隊買了票。

- 여기에 앉아서 기다리겠습니다.　　　我坐在這裡等你。

（3）所有烹煮方式及食用方式等「～서」也可省略。

　　찍다（沾）／끓이다（煮）／삶다（煮）／튀기다（炸）／굽다（烤）／볶다（炒）／
　　비비다（拌）／부치다（煎）／찌다（蒸）／씻다（洗）……

- 간장을 찍어(서) 먹었어요.　　　　　　沾醬油吃了。

- 간장에 찍어(서) 먹었어요.　　　　　　沾醬油吃了。

　　※沾醬料吃可用「N을/를 찍다」也可用「N에 찍다」。

- 라면을 끓여(서) 먹고 싶어요.　　　　我想煮泡麵吃。

- 계란을 삶아(서) 먹을 거예요.   我要煮雞蛋吃。

- 오징어를 튀겨(서) 먹었어요.   炸魷魚吃了。

- 생선을 구워(서) 먹습니다.   烤魚吃。

- 김치하고 밥을 볶아(서) 먹었습니다.   把泡菜和飯炒來吃了。

- 밥을 비벼(서) 친구에게 줬어요.   把飯拌好給朋友了。

- 해물전을 부쳐(서) 먹읍시다.   我們煎海鮮煎餅吃吧。

- 저는 계란을 쪄(서) 먹어요.   我蒸蛋吃。

- 사과를 씻어(서) 먹었어요.   我洗蘋果吃了。

※但「씻다」若用在前後二件沒直接關聯的事情上時要用「씻고~」。

- 손을 씻고 밥을 먹어요.   洗完手吃飯

3. 很多單字固定用「~고」來接續，穿戴的也是喔。

보다（看）／읽다（閱讀）／듣다（聽）／입다（穿）／신다（穿（鞋襪））／
먹다（吃）／마시다（喝）…

- 저는 아침에 샌드위치를 먹고 회사에 갑니다.   我早上吃完三明治再去上班。

- 운동화를 신고 산에 가세요.   請穿著運動鞋去山上。

- 잘 듣고 쓰세요.   請好好聽了之後寫下來。

문법 2 │文法 2│

| V (原) (으) 려고 하다 | （想、打算）要 V。 |

表示欲進行某件事情的意圖、決心、想法。

有終聲音（ㄹ除外）+ 으려고 하다	먹다 → 먹으려고 하다
沒有終聲音（含ㄹ）+ 려고 하다	사다 → 사려고 하다 만들다 → 만들려고 하다

1. 想要 V ～

- 내일부터 운동하려고 합니다.　　　　　　　我想要明天開始運動。

- 진우 씨는 대만에 가려고 해요.　　　　　　鎮宇想要去臺灣。

- 한국어를 배우려고 해요.　　　　　　　　　想要學韓文。

- 무슨 노래를 들으려고 하세요?　　　　　　你想要聽什麼歌？

- 친구하고 같이 케이크를 만들려고 해요.　　想要和朋友一起做蛋糕。

2. 某件事情像似正要發生或開始時，似乎要～

- 회의가 시작하려고 합니다.　　　　會議似乎要開始了。

- 수업이 끝나려고 해요.　　　　　　似乎要下課了。

- 버스가 떠나려고 해요.　　　　　　公車似乎要開了。

3. 「V (原) (으) 려고 하다」可以用過去式的方式來表達「本來（原本）想要 V」。

- 가 : 어제 뭘 하려고 했어요?　　　你昨天本來想要做什麼？

　나 : 타이베이에 가려고 했어요.　　我本來想要去台北。

4. 延伸補充：該文法只能用於 V，若是 A 或 N 則可以用以下形式使用。

（1）A ⊗지다　變A

※A＋지다　變A（A代入該文法後會變成V）

　A ⊗지려고 하다　想要變A

單字	A ⊗지다　變A ※A＋지다　A 代入此文法後變成 V	A ⊗지려고 하다 想要變 A
건강하다 健康（A）	건강해지다 變健康（V）	건강해지려고 해요. 我想要變健康。
예쁘다 漂亮（A）	예뻐지다 變漂亮（V）	예뻐지려고 합니다. 我想要變漂亮。

（2）N 이/가 되다　成為 N/ 變成 N

　　　N 이/가 되려고 하다　想成為 N

- 저는 가수가 되려고 해요.　　　　我想要成為歌手。

- 미영 씨는 선생님이 되려고 합니다.　美英想成為老師。

문법 3 | 文法 3 |

> V_1 原 (으) 려고 V_2

　　後段 V_2 可用「하다」除外的其他 V，表示為了要做前段的事情而去做後段的事情。換句話說，前段為「目的」，後段是「為了達成此目的而做的事情」。

1. 為了 V_1 而 V_2

- 친구를 만나려고 타이베이에 가요.　我去台北見朋友。
  （為了見朋友而去台北/去台北的目的就是為了要見朋友）

- 여행하려고 아르바이트합니다.　　為了去旅行而打工。

- 미영 씨는 한국 여행을 가려고 한국어를 배워요.
  美英為了要去韓國旅行，（而）學韓文。

- 희철 씨는 대학원에 가려고 열심히 공부해요.
  希哲為了讀研究所，（而）認真唸書。

- 김치를 만들려고 배추를 샀어요.　為了要做泡菜，（而）買了大白菜。

2. 延伸補充：此文法只能用於 V，若是 A 或 N 則可以用以下形式使用。

（1）A 이 지려고 V　　為了要變 A 而 V

- 건강해지려고 매일 운동해요.　　為了要變健康，每天運動。

- 친구는 예뻐지려고 운동해요.　　朋友為了要變漂亮而運動。

（2）N 이 / 가 되려고 V　　為了要成為 N 而 V

- 가수가 되려고 연습해요.　　為了要成為歌手而練習。

- 미영 씨는 한국어 선생님이 되려고 한국어를 배웁니다.
  美英為了成為韓語老師而學韓文。

單字代文法練習

1. V Ⓧ 서 ~

單字	V Ⓧ 서 ~
가다　　去	가서 ~
만들다ⓒ　做	만들어서 ~
굽다ⓑ　烤	구워서 ~
쓰다⊖　寫	써서 ~
빌리다　借	빌려서 ~

2. V Ⓟ (으) 려고 ~

單字	V Ⓟ (으) 려고 ~
보다　　看	보려고 ~
끓이다　煮	끓이려고 ~
팔다ⓒ　賣	팔려고 ~
돕다ⓑ　幫助	도우려고 ~
듣다ⓒ　聽	들으려고 ~

3. A Ⓧ 지려고 ~

單字	A Ⓧ 지려고 ~
날씬하다　苗條	날씬해지려고 ~
멋있다　　帥	멋있어지려고 ~

노량진	**N** 鷺梁津（韓國地名）
회	**N** 生魚片
육회	**N** 生牛肉
눕다ⓗ	**V** 躺
줄	**N** 繩子；隊伍
찍다	**V** 沾（醬）；拍（照）；蓋（章）
끓이다	**V** 煮（湯也可喝的）
삶다	**V** 煮（不喝湯的）
튀기다	**V** 炸
굽다ⓗ	**V** 烤
볶다	**V** 炒
비비다	**V** 拌
찌다	**V** 蒸
라면	**N** 泡麵
계란	**N** 雞蛋
오징어	**N** 魷魚

생선	**N** 魚（料理用；食用的）
물고기	**N** 魚（水裡游的）
해물전	**N** 海鮮煎餅
손	**N** 手
발	**N** 腳
입다	**V** 穿
신다	**V** 穿（鞋襪）
샌드위치	**N** 三明治（sandwich）
운동화	**N** 運動鞋
N부터	**N** N 開始
끝나다	**V** 結束
떠나다	**V** 離開
버스	**N** 巴士；公車（bus）
아르바이트하다 / 알바하다	**V** 打工（德語：arbeit）
열심히	**adv** 認真地
배추	**N** 大白菜
연습하다	**V** 練習

엑시트	**N** 出口（Exit；韓國電影名稱）
롱패딩	**N** 長版羽絨衣
핑시	**N** 平溪（臺灣地名）
소설	**N** 小説
사진	**N** 照片
청계천	**N** 清溪川（韓國地名）
혜화동	**N** 惠化洞（韓國地名，又稱「대학로」大學路））
공연	**N** 表演
여의도	**N** 汝矣島（韓國地名）
벚꽃	**N** 櫻花
구경하다	**V** 觀看；觀賞
목걸이	**N** 項鍊
네임태그	**N** 行李吊牌（name tag）
날씬하다	**A** 苗條

휴식 | 輕鬆一下 |

學個流行語吧！

- **찐이다**（半語）　　　　　真的出現了、這是真的

「**찐**」是「**진짜**」（真的）這個字的縮寫，用來表示「真的出現了」或是「這是真的」。

노트장 (자기의 필기를 써 보세요)
| 我的筆記（寫寫看自己的筆記）|

더운데 아이스크림을 먹을까요 ?

好熱喔，要不要吃冰淇淋？

★ **重點文法**

A/V (原) ㄹ / 을 / 울까요 ?	要不要（一起）V 呢？
	會不會 A/V 呢？
	會 A/V 嗎？
N 일까요 ?	會不會是 N 呢？
	會是 N 嗎？
A/V (過) 을까요 ?	會不會 A/V 了呢？
N 였 / 이었을까요 ?	會不會是 N 了呢？
V (原) ㄹ / 을래요 ? / V (으) 실래요 ?	要 V 呢？
V (原) ㄹ / 을래요 .	要 V。
V 는데 ~	雖然 V ～ / 狀況敘述～
A (原) ㄴ / 은 / 운 / 는데 ~	雖然 A ～ / 狀況敘述～
N 인데 ~	雖然是 N ～ / 狀況敘述～
A/V (過) 는데 ~	雖然 A/V 了～ / 狀況敘述～
N 였 / 이었는데 ~	雖然是 N ～ / 狀況敘述～

회화 1 | 會話 1 | ▶ MP3-08

수지 : **민수 씨 , 더운데 아이스크림을 먹을까요 ?**
秀智 : 敏洙，好熱喔，要不要吃冰淇淋？

민수 : **좋아요 . 어디로 갈까요 ?**
敏洙 : 好啊，要去哪？

수지 : **홍대로 가요 . 아이스크림도 먹고 구경도 해요 .**
秀智 : 去弘大吧！一起吃冰淇淋一起逛街吧。

민수 : **그럼 홍대 나뚜루팝이 어때요 ?**
敏洙 : 那弘大的 Natuur pop 如何？

수지 : **그래요 .**
秀智 : 好啊。

小提示

1. 會話中的「⑩ㄹ / 을까요 ?」是很典型的問對方「要不要一起做什麼？」的用法，所以這裡是問敏洙要不要一起去吃冰淇淋。如果與對方為較親近或不需太拘謹的關係，那麼這裡的「⑩ㄹ / 을까요 ?」也可替換為「⑩ㄹ / 을래요 ?」或代入敬語法「⑩ (으) 실래요 ?」來詢問對方的意向。

2. 會話中的「가요」和「해요」是共動句的「一起 V 吧！」的用法，所以可以分別用「갑시다 / 합시다」來替換喔。

3. 會話中的助詞，如「을 / 이」也要一起記住喔！雖然我們的確常會把助詞省略掉，尤其是在口說會話中，但使用在寫作或是較正式的用法上不會省略，況且助詞若用錯，有時連主語都變了呢！所以助詞一樣很重要喔。

4. 「N(으) 로＋移動動詞」，如「가다 / 오다」，表示移動的方向。

   ※ 沒有終聲音及ㄹ終聲音＋로

   　ㄹ除外的其他終聲音＋으로

□ 대치 연습 1 | 替換練習 1 |

아래 단어를 회화에 넣어 이야기해 보세요 .

請把下列的單字代入會話中。

1.			2.		
① 배고프다	肚子餓		① 심심하다	無聊	
② 닭갈비	辣炒雞排		② 영화	電影	
③ 먹다	吃		③ 보다	看	
④ 명동	明洞		④ 신촌	新村	
⑤ 닭갈비	辣炒雞排		⑤ 영화	電影	
⑥ 먹다	吃		⑥ 보다	看	
⑦ 유가네	柳家（店名）		⑦ CGV	CGV（電影院名稱）

□ 문장 연습 1 | 短句練習 1（填空題）|

단어를 맞게 써넣으세요 .

請填入正確的單字並完成句子。

請用「~요」、「~ㅂ/읍시다」完成 2 種共動句練習。

보기 / 範例

💬 가 : 노래방에 <u>갈까요</u> ? (가다)　　　　要不要一起去 KTV ？

💬 나 : 네 , 같이 <u>가요</u> .(갑시다)　　　　好啊，一起去。

---

① 가 : 뭘 _____ ? (먹다)　　　　　　　　要吃什麼呢？

　　나 : 비빔밥을 _____. (먹다)　　　　　　吃拌飯吧！

② 가 : 무슨 노래를 _____? (「듣다」是 ㄷ 不規則)　　要聽什麼歌呢？

　　나 : 한국 노래를 _____. (「듣다」是 ㄷ 不規則)　　聽韓國歌吧！

□ **번역 연습 1** │ 翻譯練習 1 │

아래의 중국어를 한국어로 번역해 보세요 .
請把下列中文翻譯成韓文。

1. 要不要一起去圖書館？

————————————————————————————————————

2. 下午一起去 N 首爾塔吧！

————————————————————————————————————

3. 8 月要不要一起去韓國？

————————————————————————————————————

4. 晚上一起吃炸雞吧！

————————————————————————————————————

직원: 어서 오세요. 뭘 드릴까요?
店員：　歡迎光臨，請問要點什麼？

미나: 소이 씨, 뭘 먹을까요?
美娜：　小怡，我們吃什麼呢？

소이: 비빔밥이 매울까요?
小怡：　拌飯會辣嗎？

미나: 별로 안 매워요. 먹어 볼래요?
美娜：　不會太辣，要不要吃吃看？

소이: 좋아요. 그럼 비빔밥을 먹을래요.
小怡：　好啊，那我要吃拌飯。

미나: 여기 비빔밥 두 그릇 주세요.
美娜：　請給我們兩碗拌飯。

직원: 네, 비빔밥 두 그릇이요.
店員：　好的，兩碗拌飯。

小提示

1. 會話中店員說的「뭘 드릴까요?」是店員在問（對方）客人「要什麼？」，所以客人以祈使句「비빔밥 두 그릇 주세요.」（請給我～）回應喔。「뭘 드릴까요?」若照字面上翻譯是「要給您什麼？」但會依實際情境來翻譯喔，如在餐廳，則翻為「請問要點什麼？」；若在藥局、市場等，就會翻成「請問需要什麼？」或是「請問要買什麼？」等類似的疑問句。

2. 「비빔밥이 매울까요?」這裡的「매울까요?」是推測「會不會辣？」。（「맵다」是ㅂ不規則的形容詞）

3. 「별로」一定要加否定使用，翻譯為「不太～」、「不怎麼～」。

□ **대치 연습 2** │ 替換練習 2 │

아래 단어를 회화에 넣어 이야기해 보세요.

請把下列的單字代入會話中。

1. ① 삼계탕   蔘雞湯
   ② 양이 많다   量多
   ③ 많다   多
   ④ 삼계탕   蔘雞湯
   ⑤ 삼계탕   蔘雞湯
   ⑥ 삼계탕   蔘雞湯

2. ① 짜장면   炸醬麵
   ② 짜다   鹹
   ③ 짜다   鹹
   ④ 짜장면   炸醬麵
   ⑤ 짜장면   炸醬麵
   ⑥ 짜장면   炸醬麵

□ **문장 연습 2** │ 短句練習 2（填空題） │

단어를 맞게 써넣으세요.

請填入正確的單字並完成句子。

보기 / 範例

💬 가 : 뭘 드릴까요 ? (드리다)   請問要點什麼？

💬 나 : <u>설렁탕 두 그릇</u> 주세요 .   請給我們兩碗雪濃湯。

---

① 가 : 뭘 _____ ? (드리다)   請問需要什麼？

  나 : _____ 주세요 . (감기약)   請給我感冒藥。

② 가 : 차 _____ ? 커피 _____ ? (드리다)   請問要咖啡還是茶？

  나 : _____ 주세요 . (차)   請給我茶。

아래의 중국어를 한국어로 번역해 보세요 .

請把下列中文翻譯成韓文。

1. 請問我現在要做什麼？

   _____

2. 請溫習韓文。

   _____

3. 我要什麼時候打電話？

   _____

4. 請在明天下午打。

   _____

문법 1 | 文法 1 |

~ ㉠ㄹ / 을 / 울까요?

　　這個文法可用於 V、A 以及 N 上，也可用於過去式，但意思不同喔，一起來看看吧！

> A/V ㉠ㄹ / 을 / 울까요?　　　A/V ㉡을까요?
>
> N 일까요?　　　　　　　　　N 였 / 이었을까요?

　　用於動詞時：V ㉠ㄹ / 을 / 울까요?

1. 話者問對方「要不要一起 V ？」

- 뭘 먹을까요?　　　　　　我們要（一起）吃什麼？

- 냉면을 먹을까요?　　　　（我們）要不要吃冷麵呢？

- 노래방에 갈까요?　　　　我們要不要一起去KTV？

※這種問句通常以共動句回答。

V ㉠ㅂ / 읍시다　　　　　　V 吧！

V 요 . (V 아요 / 어요)　　　V 吧！

- 네, 좋아요. 냉면을 <u>먹어요</u>.　　好啊！吃冷麵吧！

　　　　　　먹읍시다.　　　（可替換）

- 같이 노래방에 <u>가요</u>.　　一起去唱歌（KTV）吧！

　　　　　　갑시다.　　　（可替換）

2. 話者問對方（我）「要不要（做這個動作）V？」

- 가 : 사장님, 그 이메일을 보낼까요? 老闆，我要不要把那封e-mail寄出去呢？

※這種問句通常以祈使句、命令句「V⑩(으)세요」（請V）或「V⑩지 마세요」（請不要V）回答。

- 나 : 네, 보내세요.　　　　　　　好，請寄出。

- 或(아니요,) 아직 보내지 마세요.　（不，）請先不要寄出。

3. 話者問對方「能（需要）為您（做什麼）V？」或「要給您什麼V？」

- 손님, 뭘 드릴까요?　　　　　客人，請問您需要什麼？（要給您什麼？）

※這種問句通常以祈使句、命令句「V⑩(으)세요.」（請V）回答。

- 냉면 한 그릇 주세요.　　　　請給我一碗冷麵。

- 커피 드릴까요? 오룡차 드릴까요?　請問您要咖啡還是烏龍茶？

- 커피 주세요.　　　　　　　　請給我咖啡。

4. 詢問對方「會V呢？（嗎？）」（較客氣）

- 제가 어제 주문한 것은 언제쯤 배송될까요?
　　　　　　　　　　　거（口語表達）

  我昨天訂購的東西，大約什麼時候會送達呢？

- 내일 배송돼요.　　　　明天會送達。（很肯定的回答）

- 내일 배송될 거예요.　　明天應該可以送達。（保留性的用推測語句回答）

5. 推測式詢問

推測式詢問不會預設對方一定要有答案，如「會V呢？（嗎？）」這種問句，若回答者確切知道答案，則可用肯定式回答；若無，則可用推測語句回答，如「~ ㄹ / 을 / 울 거예요.」（可能會～、應該會～）。

- 가 : 내일 비가 올까요?　　明天會下雨嗎？
- 나 : 네 , 비가 올 거예요 .　是，可能會下雨。

- 가 : 내일 철수 씨도 올까요? | 明天哲洙也會來嗎？
  나 : 네 , 철수 씨도 와요 . | 是，哲洙也會來。（很肯定）
  或 네 , 철수 씨도 올 거예요 . | 是，哲洙應該也會來。

（1）A 原 ㄹ / 을 / 울까요 ? 會不會 A 呢 ? / 會 A 嗎 ?

ㅂ不規則

以下皆為推測式詢問，若回答者有確切知道答案，則可用肯定式回答；若無，則可用推測語句回答，如「～ ㄹ / 을 / 울 거예요 .」（可能會～、應該會～）。

推測式詢問句，不預設對方一定有答案。

- 가 : 내일 추울까요? | 明天會冷嗎？
  나 : 네 , 추울 거예요 . | 是，應該會冷。（可能會冷）

- 가 : 그 영화가 재미있을까요? | 那部電影會好看嗎？
  나 : 네 , 재미있어요 . | 是，好看。（答者已經看過）
  或 네 , 재미있을 거예요 . | 是，應該很有趣。（答者沒看過）

（2）N 일까요 ? 會不會是 N 呢 ? / 會是 N 嗎 ?

推測式詢問句，不預設對方一定有答案。

- 가 : 그 사람이 영수 씨 여자 친구일까요? | 那個人會是永洙的女朋友嗎？
  나 : 네 , 여자 친구일 거예요 . | 是，應該是女朋友。

（3）A/V 過 을까요 ? 會不會 A/V 了呢 ?（過去式原形去「다」）

推測式詢問句，不預設對方一定有答案。

- 가 : 소이 씨가 한국에 도착했을까요? | 小怡會不會已經到韓國了呢？
  나 : 도착했을 거예요 . | 應該已經到了。

- 가 : 한국도 어제 더웠을까요? | 韓國昨天也很熱嗎？
  나 : 네 , 한국도 어제 더웠을 거예요 . | 是，韓國昨天應該也很熱。

（4）N 였 / 이었을까요？ 會不會是 N 了呢？

推測式詢問句，不預設對方一定有答案。

- 가 : 어제 그 사람이 연예인이었을까요?　　昨天那個人，會是藝人嗎？
  나 : 네 , 연예인이었을 거예요 .　　　　　　是，應該是藝人。

문법 2 | 文法 2 |

V (原) ㄹ / 을 / 울래요?　　　①要不要一起 V?（問對方的意願）

　　　　　　　　　　　　②你要 V 呢?（問對方的意願）

V (原) (으) 실래요?　　　有代入敬語法「V(으)시」，所以比上句更加禮貌。

V (原) ㄹ / 을 / 울래요.　　　我要 V。（使用該文法表達意向時，表示意願很高）

　　　　　　　　　　　　ㅂ 不規則代入「울」

※此文法用於較親近或不需太拘謹的關係。

※此文法只用於V，不用於3人稱，只用於1、2人稱，可用於疑問句及敘述句。

- 가 : 더운데 같이 아이스크림(을) 먹을래요?　　　好熱喔。要不要一起吃冰淇淋?
  나 : 좋아요 . 가요 .　　　好啊。走吧!

- 가 : 무슨 아이스크림(을) 먹을래요?　　　你要吃什麼冰淇淋?
  나 : 저는 딸기 아이스크림 (을) 먹을래요 .　　　我要吃草莓冰淇淋。

V 原 는데 ~   　　　　　　　A/V 過 는데 ~

A 原 ㄴ / 은 / 운 / 는데 ~

N 인데 ~   　　　　　　　　N 였 / 이었는데 ~

用法：

1. 轉折、對等比較，可與「～지만～」（雖然～但是～）替換使用。

- 오늘은 <u>추운데</u> 어제는 안 추웠어요.　今天冷，但昨天不冷。
  춥지만

- 어제는 <u>안 추웠는데</u> 오늘은 추워요.　昨天不冷，但今天冷。
  안 추웠지만

- 여행을 <u>가고 싶은데</u> 돈이 없어요.　想去旅行，但是沒錢。
  가고 싶지만

- 부대찌개가 <u>맛있는데</u> 매워요.　部隊鍋很好吃，但會辣。
  맛있지만

2. 狀況敘述連結 2 句

這種用法我們也很常用喔！是個很重要的文法之一，這種用法中文不會多出其他字。

- 내일이 토요일이에요. 뭘 하실 거예요?
  →내일이 토요일인데 뭘 하실 거예요 ?　明天是星期六，你要做什麼？

- 날씨가 좋아요. 산책할까요?
  →날씨가 좋은데 산책할까요 ?　天氣好好，要不要一起散步？

- 내일이 주말이에요. 여행을 갑시다.
  →내일이 주말인데 여행을 갑시다 .　明天是週末，一起去旅行吧！

- 비가 와요. 우산을 가지고 가세요.

  →비가 오는데 우산을 가지고 가세요 .　　下雨，請帶著傘（走）。

- 저는 김치찌개를 좋아해요. 민수 씨는 뭘 좋아하세요?

  →저는 김치찌개를 좋아하는데 민수 씨는 뭘 좋아하세요 ?

    我喜歡泡菜鍋，敏洙你喜歡什麼？

3. 放在句尾加「요」為較婉轉的結尾語，或用於在等對方回應時，也可用在輕微的反駁。（只能加「요」用於非格式體，不能加「니다」不用於格式體）

- 가 : 안녕하세요? 미영 씨 계세요?　　您好，請問美英在嗎？

  나 : 지금 안 계시는데요.　　（她）現在不在耶。

  가 : 네, 그럼 내일 전화하겠습니다.　　是，那我明天再打來。

- 가 : 김치찌개가 너무 매워요.　　泡菜鍋好辣。

  나 : 그래요? 저는 괜찮은데요.　　是喔？我還好耶。

- 가 : 내일 만날래요?　　明天要不要見面？

  나 : 내일은 좀 바쁜데요.　　明天有點忙。

單字代文法練習

1. A/V ⑩ ㄹ / 을 / 울까요 ? A/V ⑳ 을까요 ?

N 일까요 ? N 였 / 이었을까요 ?

（1）動詞 V

單字	A/V ⑩ ㄹ / 을 / 울까요 ?	A/V ⑳ 을까요 ?
가다　　　去	갈까요 ?	갔을까요 ?
먹다　　　吃	먹을까요 ?	먹었을까요 ?
만들다ㄹ　做	만들까요 ?	만들었을까요 ?
듣다ㄷ　　聽	들을까요 ?	들었을까요 ?
돕다ㅂ　　幫助	도울까요 ?	도왔을까요 ?
V 고 싶어 하다 他想 V（用於 3 人稱）	V 고 싶어 할까요 ?	V 고 싶어 했을까요 ?

（2）形容詞 A

單字	A/V ⑩ ㄹ / 을 / 울까요 ?	A/V ⑳ 을까요 ?
크다ㅡ　大	클까요 ?	컸을까요 ?
작다　　小	작을까요 ?	작았을까요 ?
덥다ㅂ　熱	더울까요 ?	더웠을까요 ?
길다ㄹ　長	길까요 ?	길었을까요 ?
맛있다　好吃	맛있을까요 ?	맛있었을까요 ?
낫다ㅅ　比較好	나을까요 ?	나았을까요 ?
빨갛다ㅎ　紅	빨갈까요 ?	빨갰을까요 ?

（3）名詞 N

單字	N 일까요 ?	N 였 / 이었을까요 ?
학생　　學生	학생일까요 ?	학생이었을까요 ?
가수　　歌手	가수일까요 ?	가수였을까요 ?

2. V 原 ㄹ / 을 / 울래요 ?　V 原 (으) 실래요 ?　V 原 ㄹ / 을 / 울래요 .

單字	V 原 ㄹ / 을 / 울래요 ?	V 原 (으) 실래요 ?	V 原 ㄹ / 을 / 울래요 .
가다　去	갈래요 ?	가실래요 ?	갈래요 .
먹다　吃	먹을래요 ?	드실래요 ?	먹을래요 .
만들다ㄹ 做	만들래요 ?	만드실래요 ?	만들래요 .
듣다ㄷ 聽	들을래요 ?	들으실래요 ?	들을래요 .
돕다ㅂ 幫助	도울래요 ?	도우실래요 ?	도울래요 .

※먹다 → 드시다（尊敬單字）

3. V 原 는데 ~　　　　　　　　A/V 過 는데 ~

　　A 原 ㄴ / 은 / 운 / 는데 ~

　　N 인데 ~　　　　　　　　N 였 / 이었는데 ~

（1）動詞 V

單字	V 原 는데 ~	A/V 過 는데 ~
가다　去	가는데 ~	갔는데 ~
먹다　吃	먹는데 ~	먹었는데 ~
만들다ㄹ 做	만드는데 ~	만들었는데 ~
듣다ㄷ 聽	듣는데 ~	들었는데 ~
돕다ㅂ 幫助	돕는데 ~	도왔는데 ~

（2）形容詞 A

單字	A 原 ㄴ / 은 / 운 / 는데 ~	A/V 過 는데 ~
크다ㅡ 大	큰데 ~	컸는데 ~
작다　小	작은데 ~	작았는데 ~
덥다ㅂ 熱	추운데 ~	추웠는데 ~
길다ㄹ 長	긴데 ~	길었는데 ~
맛있다　好吃	맛있는데 ~	맛있었는데 ~
낫다ㅅ 比較好	나은데 ~	나았는데 ~

빨갛다ㅎ 紅	빨간데 ~	빨갰는데 ~
V 고 싶다 想 V	V 고 싶은데 ~	V 고 싶었는데 ~

※ㄹ不規則遇「ㄴ/은」文法時，「ㄹ」脫落。

（3）名詞 N

單字	N 인데 ~	N 였 / 이었는데 ~
학생　學生	학생인데 ~	학생이었는데 ~
가수　歌手	가수인데 ~	가수였는데 ~

아이스크림	**N** 冰淇淋（ice cream）
홍대	**N** 弘大（韓國校名；「홍익대학교」弘益大學）
구경을 하다	**V** 觀看；觀賞；逛街
나뚜루팝	**N** Natuur pop（韓國冰淇淋品牌店名）
닭갈비	**N** 雞肋排；雞排
명동	**N** 明洞（韓國地名）
유가네	**N** 柳家（韓國店名）
심심하다	**A** 無聊
영화	**N** 電影
보다	**V** 看
신촌	**N** 新村（韓國地名）
CGV	**N** CGV；씨지브이（韓國電影院名）
약	**N** 藥

學個流行語吧！

- 리얼이야?　　　　　　　　　　是真的嗎？（「리얼이에요」的半語）

　　「리얼」的原文是英文的「real」，「리얼이야」加上語尾「이야」是半語，多對晚輩、平輩或親近的人使用，其實就是「정말이야?」、「진짜야?」較輕鬆的表現。若是用敬語，只要把「이야」改成「이에요」，變成「리얼이에요?」就可以囉！（不過仍要視象使用喔！）另外，如果看到「ㄹㅇ 맛있다」，「ㄹㅇ」就是「리얼」的縮寫，就是「真的很好吃」的意思喔！

노트장 (자기의 필기를 써 보세요)
│ 我的筆記（寫寫看自己的筆記）│

영화를 보러 가요.

去看電影。

★重點文法

V 原 (으) 러 가다 / 오다	去 V/ 來 V
N 을 / 를 타다	搭乘 N/ 騎 N
N 을 / 를 타고 가다 / 오다	搭乘 N 去 / 來；騎 N 去 / 來
N(으) 로 가다 / 오다	搭乘 N 去 / 來；騎 N 去 / 來
A/V 原 (으 / 우) 니까	因為 A/V
N(이) 니까	因為是 N
A/V 過 으니까	因為 A/V 了
N 였 / 이었으니까	因為是 N

민수 : 수지 씨, **겨울 방학**에 뭘 하실 거예요?
敏洙 : 秀智，妳寒假打算要做什麼？

수지 : **스키를 타러** 한국에 갈 거예요.
秀智 : 我要去韓國滑雪。

그리고 **신촌**에 가서 옷도 사려고 해요.
然後我也想去新村買衣服。

민수 : **옷을 사러** 신촌에 가세요?
敏洙 : 妳去新村買衣服啊？

수지 : 네, 거기도 옷이 **많으니까요**.
秀智 : 是啊，因為那裡衣服也很多。

민수 씨는요?
敏洙你呢？

민수 : 저는 영화를 보러 가요.
敏洙 : 我要去看電影。

小提示

1. 對話中「스키를 타러 ~ / 옷을 사러 ~」是因為「타다/사다」皆沒有終聲音，所以都加「러 ~」，若是其他單字，仍要留意是否有終聲音及不規則變化。如「먹다 → 먹으러」。

2. 「많으니까요」是由「많다＋ ~(으)니까요」而來。在代入單字時，一樣要留意是否有終聲音及不規則變化。

□ **대치 연습 1** | 替換練習 1 |

아래 단어를 회화에 넣어 이야기해 보세요 .

請把下列的單字代入會話中。

1. ① 일요일　　　　星期日
　 ② 회를 먹다　　　吃生魚片
　 ③ 노량진　　　　鷺梁津
　 ④ 영등포　　　　永登浦
　 ⑤ 쇼핑도 하다　　也逛逛街
　 ⑥ 쇼핑하다　　　逛街
　 ⑦ 영등포　　　　永登浦
　 ⑧ 물건이 많다　　東西多

2. ① 연휴　　　　　連假
　 ② 딸기를 따다　　採草莓
　 ③ 담양　　　　　潭陽
　 ④ 경복궁　　　　景福宮
　 ⑤ 한복도 입다　　也穿韓服
　 ⑥ 한복을 입다　　穿韓服
　 ⑦ 경복궁　　　　景福宮
　 ⑧ 한복이 예쁘다　韓服漂亮

□ **문장 연습 1** | 短句練習 1（填空題） |

단어를 맞게 써넣으세요 .

請填入正確的單字並完成句子。

보기 / 範例

💬 어제 <u>친구를 만나</u>러 타이베이에 갔어요 . (친구를 만나다)

　 昨天去臺北見了朋友。

💬 친구가 타이베이에 <u>사</u>니까요 . (살다)　　　因為朋友住在臺北。

---

① 저는 ＿＿＿＿＿러 마장동에 갈 거예요 . (한우를 먹다) 我要去馬場洞吃韓牛。

　 마장동의 한우가 ＿＿＿＿＿니까요 . (맛있다)　　　因為馬場洞的韓牛好吃。

② 내일이 _____니까 같이 _____러 가실래요 ? (휴일 / 놀다)

明天是假日，要不要一起去玩？

그래요 . 한강에 _____러 가요 . (유람선을 타다)

好啊，我們去漢江搭遊覽船吧。

□ **번역 연습 1** │翻譯練習 1 │

아래의 중국어를 한국어로 번역해 보세요 .
請把下列中文翻譯成韓文。

1. 因為天氣冷，所以穿了很多。

　　_____

2. 我通常搭巴士去學校。

　　_____

3. 要不要一起去看電影？

　　_____

4. 朋友昨天去藥局買了感冒藥。

　　_____

은수 :　정우 씨 , 저 (는) 버스킹을 보러 홍대에 가는데 같이 가실래요 ?
恩秀 :　正宇，我要去弘大看街頭表演，你要不要一起去？

정우 :　좋아요 , 저도 가고 싶었어요 .
正宇 :　好啊，我也想去。

　　　　그런데 어떻게 갈까요 ?
　　　　不過要怎麼去呢？

은수 :　지금은 길이 막히니까 지하철을 타고 갑시다 .
恩秀 :　因為現在路很塞，所以我們搭地鐵去吧！

정우 :　참 , 버스킹을 보고 책을 사러 서점에도 가고 싶은데요 .
正宇 :　對了，看完街頭表演之後，我也想去書局買書。

은수 :　그래요 . 같이 가요 .
恩秀 :　好啊，一起去吧！

小提示

1. 對話中的「저도 가고 싶었어요」表示正宇是在恩秀提議前就已經有「想去～」的想法了，
   所以要用過去式，而若恩秀提議後正宇才想去，那就要用「저도 가고 싶어요」。
2. 共動句「갑시다」 ＝ 共動句「가요」

□ 대치 연습 2 │替換練習 2 │

아래 단어를 회화에 넣어 이야기해 보세요 .

請把下列的單字代入會話中。

1. ① 책을 빌리다 借書

② 도서관 圖書館

③ 언제 什麼時候

④ 사람이 많다 人很多

⑤ 오후에 가다 下午去

⑥ 책을 빌리고 커피를 마시다 借完書去喝咖啡

⑦ 카페 咖啡廳

2. ① 불고기를 먹다 吃烤肉

② 명동 明洞

③ 뭘 타고 搭什麼

④ 길이 안 막히다 路不塞

⑤ 택시로 가다 搭計程車去

⑥ 불고기를 먹고 사진을 찍다 吃完烤肉去拍照

⑦ 남산 南山

□ **문장 연습 2** | 短句練習 2（填空題）|

단어를 맞게 써넣으세요.

請填入正確的單字並完成句子。

보기 / 範例

💬 가 : 수미 씨는 보통 어떻게 회사에 가세요 ?   秀美妳通常怎麼去公司？

💬 나 : 저는 <u>오토바이를 타고</u> 가요 . 민수 씨는요 ? (오토바이를 타다)

    我騎車去，敏洙你呢？

💬 가 : 저도 <u>오토바이로</u> 가요 . (오토바이)   我也騎車去。

---

① 가 : 비가 _____니까 택시를 _____고 갈까요 ? (오다 / 타다)

    在下雨，要不要搭計程車去呢？

나 : 그래요 . _____로 갑시다 . (택시)   好的，搭計程車去吧！

② 가 : _____니까 _____ 갈까요 ? (가깝다 / 걷다)

    很近，要不要走路去？

나 : 아니요 , _____니까 _____로 가요 . (힘들다 / 지하철)

    不，因為很累搭地鐵去吧！

아래의 중국어를 한국어로 번역해 보세요 .

請把下列中文翻譯成韓文。

1. 因為是星期天，所以人很多。

   _____

2. 朋友搭巴士去學校。

   _____

3. 我想去漢江搭遊覽船。

   _____

4. 我們一起去南山搭纜車吧。

   _____

V 原 (으) 러 가다 / 오다 （句尾接移動動詞）

1. 目的用語

「V 原 (으) 러 가다 / 오다」為目的用語，表示「為了 V 而去 / 來～」，後段只能接移動動詞，如「오다」（來）或「가다」（去）等等因此中文通常會說「去 / 來～ V」，V 的時態皆在後段表達。

有終聲音（ㄹ除外）+으러 가다 / 오다	먹다 → 먹으러 가다 / 오다
沒有終聲音（含ㄹ）+러 가다 / 오다	사다 → 사러 가다 / 오다 만들다 → 만들러 가다 / 오다

※以下( )之處，口語上常常省略，但仍要一起練習。

- 가 : 어디(에) 가세요?   你去哪裡？
  나 : 밥 (을) 먹으러 가요 .   我要去吃飯。

- 가 : 주말에 뭘 하실 거예요?   你週末要做什麼？
  나 : 영화 (를) 보러 갈 거예요 .   我要去看電影。

- 가 : 어제 퇴근 후에 뭘 하셨어요?   昨天下班後做了什麼？
  나 : 친구 (를) 만나러 갔어요 .   我去見了朋友。

※例句2、3分別也可以用下列句子回答，但少了「為了做某個V而移動的目的」。

- 영화(를) 볼 거예요.   我要看電影。

- 친구(를) 만났어요.   我見了朋友。

2. 延伸補充

（1）加入地點時

     N 에 V 原 (으) 러 가다 / 오다   （N 地點）去 / 來 NV（為了做某動作而移動到某地）

     V 原 (으) 러 N 에 가다 / 오다   （N 地點）去 / 來 NV（為了做某動作而移動到某地）

文法式翻譯：為了 V 而去 / 來 N

中文翻譯：去 / 來 N V

- 혜화동에 공연을 보러 가요.　　　　去惠化洞看表演。

- 공연(을) 보러 혜화동에 갑니다.　　去惠化洞看表演。（為了看表演去惠化洞。）

- 콘서트를 보러 한국에 가려고 해요.
  想要去韓國看演唱會。（為了看演唱會想去韓國。）

- 한국에 콘서트(를) 보러 가려고 합니다.　　想要去韓國看演唱會。

- 가 : 어제 퇴근 후에 뭘 하셨어요?　　昨天下班後做了什麼？
  나 : 친구 (를) 만나러 홍대에 갔어요 .　　去弘大見了朋友。

（2）加入主語時

N 은 / 는 V 原 (으) 러 가다 / 오다　　（N 主語）N 去 / 來 V

※要強調主語時用「이/가」。

- 저는 영화를 보러 가요.　　　　我去看電影。

- 가 : 누가 케이크를 사러 갔어요?　　誰去買蛋糕？
  나 : 현우 씨가 케이크를 사러 갔어요 .　　賢宇去買蛋糕。

- 친구는 매일 운동하러 가요.　　　　朋友每天去運動。

（3）加入主語和地點時

N₁ 은 / 는 V 原 (으) 러 N₂ 에 가다 / 오다　（N₁ 主語、N₂ 地點）N₁ 為了 V 去 / 來 N₂

N₁ 은 / 는 N₂ 에 V 原 (으) 러 가다 / 오다　（N₁ 主語、N₂ 地點）N₁ 去 / 來 N₂ V

- 저는 영화를 보러 신촌에 가요.　　　　我去新村看電影。

- 현우 씨는 케이크를 사러 빵집에 갔어요.　　賢宇去麵包店買蛋糕。

- 가 : 누가 한국에 갔어요?　　誰去韓國了？
  나 : 미정 씨가 콘서트를 보러 한국에 갔어요 .　　美貞去韓國看演唱會。

- 저는 옷을 사러 동대문 시장에 가고 싶어요.　　　我想去東大門市場買衣服。

- 저는 옷을 사러 동대문 시장에 가고 싶은데 친구는 백화점에 가고 싶어 해요.

  我想去東大門買衣服，但朋友想去百貨公司。

（4）若句尾以「가다 / 오다」等移動動詞結束時，可與「V⑩(으)려고 가다 / 오다」替
換使用，但若句尾的移動動詞若與「共動句、祈使句(命令句)」、「V⑩겠~」、
「V⑩ㄹ / 을 / 울게요」等其他文法結合使用時，只能用「V⑩(으)러 가다 / 오다」。

- 저는 밥을 먹으러 식당에 가요.　　　　我去餐廳吃飯。

  　　　　可替換먹으려고

- 친구는 콘서트를 보러 한국에 갔어요.　　　朋友去韓國看演會。

  　　　　可替換보려고

- 가 : 같이 한국어를 배우실래요?　　　要不要一起學韓文？

  나 : 좋아요 , 같이 한국어를 배우러 중원대학교에 갑시다 .

  　　　好啊！我們一起去中原大學學韓文吧。

※因「갑시다」是共動句，所以此句不可用「V⑩(으)려고 가다」。

- 가 : 일요일에 제 전시회를 보러 오세요.　　　星期日請來看我的展覽。

  나 : 네 , 보러 갈게요 .　　　　好的，我會去看。

  　　　　가겠습니다 .

※因「갈게요/가겠습니다」用於有關聯的意向回應不可用「V⑩(으)려고 가다」。

- 가 : 저는 다음 주에 한국에 갈 거예요.　　　我下週要去韓國。

  나 : 그럼 공연 (을) 보러 대학로에 가 보세요 .　　　那（請）去大學路看看表演啊。

※「가 보세요」句型是「V아/어 보다」（VV看/V看看），因為「가 보세요」是祈使句、
命令句所以此句不可用「V⑩(으)려고 가다」。

N 을 / 를 타다
N 을 / 를 타고 가다 / 오다
N 을 / 를 타고 가다   N (으) 로 가다
걸어서 가다 / 오다   걸어가다 / 걸어오다

1. N 을 / 를 타다　搭乘 N ／騎 N

- 버스를 탑니다.   搭巴士。

- 오토바이를 탑니까?   騎機車嗎?

- 저는 어제 자전거를 탔어요.   我昨天騎了腳踏車。

- 한국에 가서 스키를 타려고 해요.   想要去韓國滑雪。

- 저는 스키를 타러 한국에 갈 거예요.   我要去韓國滑雪。

2. N 을 / 를 타고 가다 / 오다　搭 N 去 / 來

後面再加上移動動詞 V 時，會用「고」來連結，表示搭乘某交通工具去或來。

- 버스를 타고 가요.   搭巴士去。

- 가 : 지하철을 타고 오셨어요?   搭地下鐵來的嗎?
  나 : 아니요 , 택시를 타고 왔어요 .   不，我搭計程車來。

- 가 : 유람선을 타고 한강 구경을 할까요?   要不要一起搭遊覽船遊漢江呢?
  나 : 좋아요 , 저도 타 보고 싶었어요 .   好啊，我之前也很想搭搭看。

3. N 을 / 를 타고 가다　搭 N 去

可替換為「N(으) 로 가다」，「N(으) 로」用法很多，這裡是指方法、工具、手段。

有終聲音（ㄹ除外）＋으로 가다	유람선 → 유람선으로 가다
沒有終聲音（含ㄹ）＋로 가다	지하철 → 지하철로 가다 비행기 → 비행기로 가다

- 기차를 타고 갑니다.
  = 기차로 갑니다 .　　　　　　　　　　搭火車去。

- 고속버스를 타고 경주에 가요.
  = 고속버스로 경주에 가요 .　　　　　搭高速巴士去慶州。

- 어제 친구하고 엠알티를 타고 단수이에 갔어요.
  = 어제 친구하고 엠알티로 단수이에 갔어요 . 昨天和朋友搭捷運去了淡水。

- 늦어서 택시를 타고 회사에 갔습니다.
  = 늦어서 택시로 회사에 갔습니다 .　　因為來不及了，所以搭計程去公司了。

- 가 : 늦었는데 택시를 타고 갈까요?　　來不及了，要不要搭計程車去呢？
  나 : 그래요 . 택시로 갑시다 .　　　　好啊，搭計程車去吧。

- 정우 씨는 차를 몰고 전주에 갈 거예요.　正宇要開車去全州。

4. 「걷다」（走路）要用「걸어서 가다 / 오다」也可用「걸어가다 / 걸어오다」。

- 가까워서 걸어서 가려고 합니다.　　因為很近，所以想要走路去。

- 걸어서 공원에 갑시다.　　　　　　我們走路去公園吧。

A/V 原 (으/우) 니까	因為 A/V~	A/V 過 으니까	因為 A/V 了
N(이) 니까	因為是 N	N 였/이었으니까	因為是 N

有終聲音（ㄹ除外）＋으니까	먹다 → 먹으니까
沒有終聲音（含ㄹ）＋니까 （＊「ㄹ」遇「ㅅ、ㄴ、ㅂ」之一，會脫落）	오다 → 오니까 만들다 → 만드니까
ㄷ不規則遇「ㅇ」，「ㄷ」變「ㄹ」＋으니까	듣다 → 들으니까
ㅅ不規則遇「ㅇ」，「ㅅ」脫落＋으니까 ＊ㅅ脫落後雖然沒有終聲音，但要加「으~」	낫다 → 나으니까
ㅂ不規則遇「ㅇ」，「ㅂ」脫落＋우니까 ＊脫落後雖然沒有終聲音，但要加「우~」	덥다 → 더우니까
ㅎ不規則遇「ㅇ」，「ㅎ」脫落＋니까	빨갛다 → 빨가니까
名詞有終聲音＋이니까	학생 → 학생이니까
名詞沒有終聲音＋니까	가수 → 가수니까

1. 表示原因，因為～所以～

前面我們學過同樣是表達原因的「～서」，和「～니까」相比一般來說更常使用「～서」，但使用上有些許的差異喔！

下列 3 種句型的「因為～所以～」只能用「～니까」。

（1）祈使句、命令句「V 原 (으) 십시오」（較正式）、「V 原 (으) 세요」　請 V。

- 비가 오니까 집에서 쉬세요.　　　　因為下雨，所以請在家休息。

（2）共動句「V 原 ㅂ/읍시다.」　 V 吧！

- 비가 오니까 집에서 쉽시다.　　　　因為下雨，所以我們在家休息吧！

（3）詢問句「V 原 ㄹ/을/울까요?」　要不要 V？

- 비가 오니까 집에서 쉴까요?　　　　因為下雨，所以我們要不要在家休息？

2. 若講述對方也知悉的原因，可用「～서」，也可用「～니까」互相替換。

- 1月6日

  은지 : 저 배가 아파요 .

  恩芝：我肚子痛。

  희철 : 괜찮으세요 ? 병원에 가 보세요 .

  希哲：你還好嗎？去醫院看看。

  （我們常說去看看醫師，韓文通常用去醫院看看）

- 1月7日

  은지 씨가 학교에 안 갔어요 .　　　　　恩芝沒去學校。

- 1月8日

  희철 : 은지 씨 , 어제 왜 학교에 안 왔어요 ?

  希哲：恩芝，妳昨天怎麼沒來學校。

  은지 : 배가 아프니까 병원에 갔어요 .

  恩芝：因為肚子痛，所以去了醫院。

※因為希哲在1月6日就知道恩芝肚子痛，所以這裡可用「～니까」，當然也可用「～서」，如「배가 아파서 병원에 갔어요.」，不過一般來說還是更常用「～서」。

3. 若要強調，可用「～니까～」

- 비가 오니까 우산을 사려고 해요.　　因為下雨，所以想要買雨傘。

- 비가 와서 우산을 사려고 해요.

※當然也可以替換成「～서」。

- 비가 와요. 그러니까 우산을 사려고 해요.

- 비가 와요. 그래서 우산을 사려고 해요.　　因為下雨，所以想要買雨傘。

※還可以拆成2句。先有原因，後面再接續接下來的動作。

4. 過去式的用法

- 어제는 학교에 늦었으니까 오늘은 빨리 가려고 합니다.

  因為我昨天上學遲到，所以今天想要快點去。

- 수미 씨 동생은 많이 컸으니까 이 옷이 작을 거예요.

  秀美的妹妹長很高了，所以這件衣服可能會小。

- 수현 씨 동생은 서울대 학생이었으니까 똑똑할 거예요.

  秀賢的弟弟以前是首爾大學的學生（是首爾大畢業的），所以應該很聰明。

單字代文法練習

1. V 原 (으) 러 가다

單字	V 原 (으) 러 가다
사다　　買	사러 가다
먹다　　吃	먹으러 가다
만들다ㄹ 做	만들러 가다
듣다ㄷ　聽	들으러 가다
돕다ㅂ　幫忙	도우러 가다

2. N(으) 로 가다

單字	N(으) 로 가다
자전거　脚踏車	자전거로 가다
배　　　船	배로 가다
지하철　地下鐵	지하철로 가다
전철　　地下鐵	전철로 가다

3. A/V 原 (으) 니까～　　A/V 過 으니까
　　N(이) 니까～　　　N 였 / 이었으니까

單字	A/V 原 (으) 니까 N(이) 니까	A/V 過 으니까 N 였 / 이었으니까
가다　　去	가니까	갔으니까
먹다　　吃	먹으니까	먹었으니까
만들다ㄹ 做	만드니까	만들었으니까
듣다ㄷ　聽	들으니까	들었으니까
돕다ㅂ　幫助	도우니까	도왔으니까
크다ㅡ　大	크니까	컸으니까
작다　　小	작으니까	작았습니까
맛있다　好吃	맛있으니까	맛있었으니까

덥다ⓗ 熱	더우니까	더웠으니까
빨갛다ⓗ 紅	빨가니까	빨갰으니까
길다ⓔ 長	기니까	길었으니까
V 고 싶다想 V	V 고 싶으니까	V 고 싶었으니까
학생 學生	학생이니까	학생이었으니까
가수 歌手	가수니까	가수였으니까

퇴근	**N** 下班
N 후	**N** N 後
혜화동	**N** 惠化洞（韓國地名，又稱「대학로」大學路）
빵집	**N** 麵包店
중원대학교	**N** 中原大學（臺灣大學名）
전시회	**N** 展覽；展示會
비행기	**N** 飛機
오토바이	**N** 機車（autobike）
스쿠터	**N** 輕型機車（scooter）
자전거	**N** 腳踏車
스키를 타다	**V** 滑雪
엠알티	**N** 捷運（MRT；Mass Rapid Transit；泛指臺北捷運）
지하철 / 전철	**N** 地下鐵
택시	**N** 計程車（taxi）
기차	**N** 火車

KTX	**N** KTX；케이티엑스（韓國高鐵）
고속철	**N** 高鐵
배	**N** 船
유람선	**N** 遊覽船
케이블카	**N** 纜車
셔틀버스	**N** 接駁車（shuttle bus）
고속버스	**N** 高速巴士
크루즈	**N** 郵輪（cruise）
어떻게	**adv** 如何
어떻게 + V	如何 V
한강	**N** 漢江（韓國河川名）
경주	**N** 慶州（韓國地名）
제주도	**N** 濟州島（韓國地名）
단수이 / 담수	**N** 淡水（臺灣地名）
차	**N** 車；茶
차를 몰다	**V** 開車

운전하다	**V** 開車
전주	**N** 全州（韓國地名）
막히다	**V** 塞
우산	**N** 雨傘
그러니까	**adv** 因此／所以
여름 방학	**N** 暑假
겨울 방학	**N** 寒假
연휴	**N** 連假
영등포	**N** 永登浦（韓國地名）
물건	**N** 東西
딸기	**N** 草莓
담양	**N** 潭陽（韓國地名）
따다	**V** 摘；採
경복궁	**N** 景福宮（韓國古蹟名）
한복	**N** 韓服
한우	**N** 韓牛
마장동	**N** 馬場洞（韓國地名）
휴일	**N** 假日

빌리다	**V** 借
카페	**N** 咖啡廳
찍다	**V** 沾（醬）；拍（照）； 蓋（章）
남산	**N** 南山（韓國地名）

學個流行語吧！

- 워라밸（Work and Life Balance）

是指上班族在工作與生活樂趣中取得平衡點。早期韓國人會將較多重心放在工作上，但現在也很重視且追求生活樂趣。

「워」原本是「워크」，是英文「work」的簡稱；「라」原本是「라이프」，是英文「life」；「밸」原本是「밸런스」，是英文「balance」。

- 스라밸（Study and Life Balance）

是指學生在課業與生活樂趣中取得平衡點。

「스」原本是「스터디」，是英文「study」的簡稱；「라」原本是「라이프」，是英文「life」；「밸」原本是「밸런스」，是英文「balance」。

노트장 (자기의 필기를 써 보세요)
| 我的筆記（寫寫看自己的筆記） |

시험이 있어서 공부해야 돼요 .

因為要考試，所以要唸書。

★重點文法

A/V 原 (으 / 우) 면 ~	如果 A/V
N (이) 면 ~	如果是 N
A/V 過 으면 ~	如果 A/V 了
N 였 / 이었으면 ~	如果是 N
V 原 (으) 려면 ~	如果（想）要 V ~
A 🚫 지려면 ~	如果（想）要變 A ~
N 이 / 가 되려면 ~	如果（想）要成為 N ~
A/V 🚫 야 하다 / 되다	（必須）要 A/V（才行）
N 여 / 이어야 하다 / 되다	（必須）要是 N（才行）
A/V 🚫 도 되다	A/V 也可以 / 可以 A/V
N 여 / 이어도 되다	（是）N 也可以
A/V 原 지 않아도 되다	不 A/V 也可以 / 可以不 A/V
안 A/V 🚫 도 되다	不 A/V 也可以 / 可以不 A/V
N 이 / 가 아니어도 되다	不是 N 也可以

은가 : 옷을 사고 싶은데 어디에 가면 좋을까요 ?
恩佳 : 我想買衣服，去哪好呢？

용식 : <u>동대문 시장도 좋고</u> <u>코스트코도 좋을 거예요</u> .
永植 : 東大門市場也不錯，好市多應該也不錯。

은가 : <u>코스트코</u>에 가려면 어떻게 가야 돼요 ?
恩佳 : 如果要去好市多要怎麼去呢？

용식 : 지하철 5 호선을 타고 영등포구청역에서 내리세요 .
永植 : 搭地鐵 5 號線，在永登浦區廳站下車。

　　　 <u>그런데 회원 카드가 있어야 돼요</u> .
　　　 不過要有會員卡才行。

은가 : 네 , 고마워요 .
恩佳 : 好的，謝謝你。

　　　 용식 씨는 내일 뭘 하세요 ?
　　　 永植，你明天要做什麼？

용식 : 저는 시험이 있어서 공부해야 돼요 .
永植 : 我因為要考試，所以要唸書。

小提示

1. 「고마워요」要視對象使用，若對尊敬對象或正式場合要用「감사합니다」，其次是「고맙습니다」。

□ 대치 연습 1 | 替換練習 1 |

아래 단어를 회화에 넣어 이야기해 보세요.
請把下列的單字代入會話中。

1. ① 면세점에 가다 　去免稅店

　② 신세계면세점 　新世界免稅店

　③ 롯데면세점 　樂天免稅店

　④ 롯데면세점 　樂天免稅店

　⑤ 702 번 버스 　702 號巴士

　⑥ 롯데백화점 앞 　樂天百貨公司前

　⑦ 여권이 있다 　有護照

2. ① 돈을 바꾸다 　換錢

　② 일품향 　一品香

　③ 대사관 　大使館

　④ 대사관 　大使館

　⑤ 2 호선 　2 號線

　⑥ 을지로입구역 　乙支路入口站

　⑦ 저녁 9 시 전에 가다 　晚上 9 點以前去

□ 문장 연습 1 | 短句練習 1 (填空題) |

단어를 맞게 써넣으세요.
請填入正確的單字並完成句子。

보기 / 範例

💬 가 : 시간이 있으면 뭘 하실 거예요? (시간이 있다) 　如果有時間，你想做什麼?

💬 나 : 공부를 해야 돼요. (공부를 하다) 　我要唸書。

---

① 가 : ＿＿＿＿＿＿＿＿＿면 어떻게 해야 돼요 ? (한국어를 잘하고 싶다)

　　如果想學好韓文，要怎麼做呢 ?

　나 : ＿＿＿＿＿＿＿＿＿야 됩니다 . (문장 만들기 연습을 많이 하다)

　　要多做造句練習。

② 가 : ＿＿＿＿＿＿＿＿＿려면 뭐가 필요합니까 ? (외국 여행을 가다)

　　如果要去國外旅遊需要什麼 ?

　나 : ＿＿＿＿＿＿＿＿＿야 해요 . (여권이 있다)

　　要有護照。

□ 번역 연습 1 | 翻譯練習 1 |

아래의 중국어를 한국어로 번역해 보세요 .

請把下列中文翻譯成韓文。

1. 如果你有時間，要不要一起去旅行。

　＿＿＿＿＿＿＿＿＿＿＿＿＿＿＿＿＿＿＿＿＿＿＿

2. 如果要做烤肉，要怎麼做呢 ?

　＿＿＿＿＿＿＿＿＿＿＿＿＿＿＿＿＿＿＿＿＿＿＿

3. 如果冷麵辣，請喝點水。

　＿＿＿＿＿＿＿＿＿＿＿＿＿＿＿＿＿＿＿＿＿＿＿

4. 因為東西多，所以包包要大。

　＿＿＿＿＿＿＿＿＿＿＿＿＿＿＿＿＿＿＿＿＿＿＿

직원 : 　어떻게 오셨습니까 ?

職員 : 　請問有什麼貴事嗎 ?

손님 : 　한국어반에 등록하러 왔는데요 .

客人 : 　我是來報名韓文班的。

　　　　등록하려면 뭐가 필요해요 ?

　　　　如果要報名，需要什麼 ?

직원 : 　신청서하고 사진 두 장이 필요합니다 .

職員 : 　需要申請書和兩張相片。

손님 : 　등록금은 얼마입니까 ?

客人 : 　報名費是多少呢 ?

직원 : 　한 달에 80,000 원입니다 .

職員 : 　一個月 80,000 元。

손님 : 　지금 내야 돼요 ?

客人 : 　要現在繳嗎 ?

직원 : 　다음 주 수요일까지 내셔도 됩니다 .

職員 : 　可以在下週三以前繳。

小提示

1. 「한 달에 80,000 원」的文法是「～的量＋에＋～多少錢」，助詞要用「에」，如「두 개에 천 원이에요 .」（兩個一千元。）、「한 달에 얼마예요 ?」（一個月多少錢 ?）

2. 「내셔도～」是敬語法。「아 / 어～」的句型中，若要代入敬語法時，將「A/V ⓟ (으) 셔～ / N(이) 셔～」句型代入即可。

□ **대치 연습 2** | 替換練習 2 |

아래 단어를 회화에 넣어 이야기해 보세요 .

請把下列的單字代入會話中。

1. ① 학생증을 만들다　　　　　辦學生證

　　② 신청하다　　　　　　　　申請

　　③ 신분증하고 사진 한 장　　身分證和一張相片

　　④ 신청비　　　　　　　　　申請費

　　⑤ 무료　　　　　　　　　　免費

　　⑥ 신분증은 외국인 등록증　身分證是外國人居留證

　　⑦ 여권 보여 주다　　　　　出示護照

2. ① 통장을 만들다　　　　　　開戶

　　② 통장을 만들다　　　　　　開戶

　　③ 신청서하고 신분증　　　　申請書和身分證

　　④ 비용　　　　　　　　　　費用

　　⑤ 무료　　　　　　　　　　免費

　　⑥ 꼭 도장을 찍다　　　　　一定要蓋印章

　　⑦ 사인하다　　　　　　　　簽名

□ **문장 연습 2** | 短句練習 2（填空題）|

단어를 맞게 써넣으세요 .

請填入正確的單字並完成句子。

보기 / 範例
💬 가 : 내일 <u>학교에 가야</u> 됩니까 ? (학교에 가다)　　明天要去學校嗎？
💬 나 : 아니요 , <u>안 가도</u> 돼요 . (안 가다)　　不，不去也可以。

① 가 : _____야 돼요 ? (오늘 끝내다)　　　一定要今天做完嗎？

　　나 : 아니요 , _____도 돼요 . (내일 하다)　不，明天做也可以。

② 가 : 수요일에 _____도 됩니까 ? (안 가다) 星期三可以不去嗎？

　　나 : 아니요 , 꼭 _____야 합니다 . (가다)　不，一定要去。

□ **번역 연습 2** │ 翻譯練習 2 │

아래의 중국어를 한국어로 번역해 보세요 .
請把下列中文翻譯成韓文。

1. 因為要唸書，所以沒辦法去旅行。

   _____

2. 因為要換錢，所以想要去明洞。

   _____

3 如果可以不去，想在家休息。

   _____

4. 如果要成為老師，必須要多看書。

   _____

| A/V 原 (으/우) 면～ | 如果 A/V～ | A/V 過 으면～ | 如果 A/V 了～ |
| N(이) 면～ | 如果是 N～ | N 였/이었으면～ | 如果是 N～ |

1. 條件或假定用語「如果～」，可用於敘述句疑問句。

2. 單字代入方法：

（1）A/V 原 (으/우) 면

A/V 原形去「다」	
有終聲音（ㄹ除外）＋으면	먹다 → 먹으면
沒有終聲音（含ㄹ）＋면	보다 → 보면 만들다 → 만들면
ㄷ不規則遇「ㅇ」，「ㄷ」變ㄹ＋으면	듣다 → 들으면
ㅅ不規則遇「ㅇ」，「ㅅ」脫落＋으면 ※ㅅ脫落後雖然沒有終聲音，但要加「으～」	낫다 → 나으면
ㅂ不規則遇「ㅇ」，「ㅂ」脫落＋우면 ※ㅂ脫落後雖然沒有終聲音，但要加「우～」	덥다 → 더우면
ㅎ不規則遇「ㅇ」，「ㅎ」脫落＋면	빨갛다 → 빨가면

- 한국에 가면 홍대에 갈 거예요.　　　　如果去韓國，我要去弘大。

- 저는 아이스크림을 먹으면 배가 아픕니다.　我如果吃冰淇淋，肚子會痛。

- 오늘 바쁘시면 내일 만날까요?　　　　如果今天比較忙，那要不要明天見面呢？

- 안 비싸면 사려고 해요.　　　　　　　如果不貴，我就想要買。

（2）N(이) 면～

有終聲音＋이면	학생 → 학생이면
沒有終聲音＋면	가수 → 가수면

- 주말이면 사람이 많을 거예요.　　　　如果是週末，人應該會很多。

- 시장이면 조금 쌀 거예요.   如果是市場，應該會比較便宜。

（3）A/V Ⓟ 으면 ~ ／ N 였 / 이었으면 ~

A/V/N 之過去式，以過去式原形去「다」加「으면 ~」即可。

原形	過去式原形	代入文法
가다	갔다	갔으면 ~
맛있다	맛있었다	맛있었으면 ~
학생	학생이었다	학생이었으면 ~
가수	가수였다	가수였으면 ~

- 늦었으면 택시를 탑시다.   如果來不及了，我們搭計程車吧。

- 어제 바쁘지 않았으면 친구를 만났을 거예요.
  如果昨天不忙，我就會去見朋友了。

- 평일이었으면 사람이 많지 않았을 거예요.
  若是平日，人應該就不會那麼多了。

3. 延伸補充

（1）V Ⓟ (으) 려고 하다 + 면 ~ 如果（想）要 V

V Ⓟ (으) 려 고 하 면 ~

V Ⓟ (으) 려면 ~

※「~고 하」後面再接文法時，고 하 常省略

- 여행을 가려면 돈이 필요해요.   如果想要去旅行，就需要錢。

（2）A 지려면 ~ 如果（想）要變得 A

- 건강해지려면 운동하세요.   如果想要變得健康，請運動。

（3）N 이 / 가 되려면 ~ 如果（想）要成為 N

- 가수가 되려면 노래를 많이 연습하세요.   如果想要成為歌手，請多練習唱歌。

> A/V ⊗야 하다 / 되다   必須要 A/V 才行
>
> N 여 / 이어야 하다 / 되다   必須要是 N 才行

1. 一定要、必須要

該文法為「一定要、必須要」的意思，也就是英文「must」的概念，所以也常和「꼭 / 반드시」連用，只是我們通常都簡述為「要 A/V ～、要是 N ～」。

2. 應用於敘述句及疑問句時

可用於敘述句及疑問句，句尾可用「하다」或「되다」，但通常「되다」常用於口語，「하다」常用於書寫。

A/V ⊗야 하다	합니다 . / 합니까 ?（格式體）
N 여 / 이어야 하다	해요 . / 해요 ?（非格式體）

A/V ⊗야 되다	됩니다 . / 됩니까 ?（格式體）
N 여 / 이어야 되다	돼요 . / 돼요 ?（非格式體）

3. 若前段的 V 為「하다」時，後段（句尾）常用「되다」。

- 내일 공항에 가야 해요.   明天（必須）要去機場（才行）。

- 이번에는 시험을 꼭 잘 봐야 돼요.   這次考試一定要考好（才行）。

- 방이 밝아야 합니다.   房間一定要亮（才行）。

- 상자가 커야 됩니까?   箱子一定要大嗎？

- 시험이 있어서 공부를 <u>해야 돼요</u>.   因為要考試，所以我（必須）要唸書（才行）。

※中文我們常說「要考試」，韓文常用「시험이 있다」（有考試）。

- 건강을 유지하려면 매일 <u>운동해야 됩니다</u>.

  如果想要維持健康（必須）要每天運動（才行）。

- 참가자는 <u>학생</u>이어야 합니다.   參加者必須要是學生（才行）。

- 참가자는 <u>어린이</u>여야 됩니다.   參加者必須要是兒童（才行）。

4. 也可與「～지만／ㄴ/은/는데」連用，表示轉折。

- 친구를 만나야 하는데 시간이 없어요.   要見朋友，但沒有時間。

- 학교에 가야 하는데 늦었어요.   要去學校但遲到了。

- 공부해야 되지만 피곤해요.   要唸書，但很疲倦。

- 가방을 하나 사야 하지만 돈이 없어요.   要買一個包包，但沒錢。

문법 3 │ 文法 3 │

| A/V ⊗ 야 ~ | 要 A/V（前段）才 ~（後段） |
| N 여 / 이어야 ~ | （要）是 N 才 ~ |

1. 表示要有前段所述之情況才會達到後段的狀況，後段除了「하다」和「되다」之外，動詞、形容詞、名詞這 3 種詞類皆可放。

2. 可用於敘述句及疑問句。

- 김치는 매워야 맛있어요.   泡菜要辣才好吃。

- 수미 씨가 가야 저도 갈 거예요.   秀美（要）去，我才要去。

- 서로 도와야 친구예요.   彼此幫忙才是朋友。

문법 4 | 文法 4 |

A/V ⊗도 되다   A/V �原지 않아도 되다 / 안 A/V ⊗도 되다

N 여 / 이어도 되다   N 이 / 가 아니어도 되다

A/V ⊗도	되다 可替換為괜찮다 / 상관없다 / 무방하다	A/V 也可以／可以 A/V
N 여 / 이어도		（是）N 也可以
A/V �原지 않아도 / 안 A/V ⊗도	되다 可替換為괜찮다 / 상관없다 / 무방하다	不 A/V 也可以／可以不 A/V
N 이 / 가 아니어도		不是 N 也可以

1. 表示允許，可用於敘述句與疑問句。

2. 後段的「되다」可與「괜찮다」（沒關係）或「상관없다」（無所謂）或「무방하다」（無妨）替換使用。

3. 疑問句時，後段也常與「ㄹ / 을 / 울까요?」結合使用，會顯得更客氣。

　～도 될까요?

　～도 괜찮을까요?

　～도 상관없을까요?

　～도 무방할까요?

- 가 : 저녁에 전화해도 될까요?　　晚上打電話可以嗎？
  나 : 네 , 저녁에 전화해도 됩니다 .　是，晚上打也可以。

- 가 : 이 옷 좀 입어 봐도 돼요?　　可以穿穿看這件衣服嗎？
  나 : 네 , 입어 보세요 .　　請穿。

- 가 : 그 신발 좀 신어 봐도 괜찮아요?　可以穿穿看那雙鞋子嗎？
  나 : 네 , 괜찮습니다 .　　是，（沒關係）可以的。

- 방이 작아도 상관없습니다 .　　房間小也沒關係。

- 학생이어도 괜찮습니다. 　　　　　　學生也沒關係。

- 아이도 됩니까? 　　　　　　　　　小孩子也可以嗎？

- 9시에 도착해도 무방합니다. 　　　9點到也無妨。（沒有關係）

- 가 : 먼저 가 봐도 될까요? 　　　　我可以先走嗎？
  나 : 네 , 그러세요 . 　　　　　　　是，請便。

- 가 : 가지 않아도 됩니까? 　　　　　可以不去嗎？
  나 : 네 , 안 가도 괜찮습니다 . 　　是，不去也可以。

- 가 : 방이 크지 않아도 괜찮습니까? 　房間不大也可以嗎？
  나 : 네 , 안 커도 상관없어요 . 　　是，不大也沒關係。

- 가 : 한국 사람이 아니어도 돼요? 　不是韓國人也可以嗎？
  나 : 네 , 괜찮아요 . 　　　　　　　是，沒關係。

單字代文法練習

1. A/V ⑩ (으 / 우) 면 ~   如果 A/V ~   A/V ⑩ 으면 ~
   N(이) 면 ~   如果是 N ~   N 였 / 이었으면 ~

單字	A/V ⑩ (으 / 우) 면 ~ N(이) 면 ~	A/V ⑩ 으면 ~ N 였 / 이었으면 ~
가다 走	가면	갔으면
먹다 吃	먹으면	먹었으면
만들다ㄹ 做	만들면	만들었으면
듣다ㄷ 聽	들으면	들었으면
돕다ㅂ 幫助	도우면	도왔으면
크다ㅡ 大	크면	컸으면
작다 小	작으면	작았으면
덥다ㅂ 熱	더우면	더웠으면
길다ㄹ 長	길면	길었으면
맛있다 好吃	맛있으면	맛있었으면
낫다ㅅ 比較好	나으면	나았으면
빨갛다ㅎ 紅	빨가면	빨갰으면
V 고 싶다 想 V	V 고 싶으면	V 고 싶었으면
학생 學生	학생이면	학생이었으면
가수 歌手	가수면	가수였으면

2. A/V ⊗ 야 ~
   N 여 / 이어야 ~

單字	A/V ⊗ 야 ~ N 여 / 이어야 ~
읽다 唸 / 看	읽어야 ~
돕다ㅂ 幫助	도와야 ~
마시다 喝	마셔야 ~

맛있다 好吃	맛있어야 ~
빨갛다ⓗ 紅	빨개야 ~
크다ㅡ 大	커야 ~
외국 사람 外國人	외국 사람이어야 ~
기자 記者	기자여야 ~

3. A/V ⊗도 ~
N 여 / 이어도 ~

單字	A/V ⊗ 도 ~ N 여 / 이어도 ~
읽다 唸 / 看	읽어도 ~
돕다ⓑ 幫助	도와도 ~
마시다 喝	마셔도 ~
맛있다 好吃	맛있어도 ~
빨갛다ⓗ 紅	빨개도 ~
크다ㅡ 大	커도 ~
외국 사람 外國人	외국 사람이어도 ~
기자 記者	기자여도 ~

평일	**N** 平日	상관없다	**A** 無所謂
필요하다	**A** 需要	무방하다	**A** 無妨
공항	**N** 機場	코스트코	**N** 好市多（Costco）
이번	**N** 這次	면세점	**N** 免稅店
시험을 보다	**V** 考試	롯데면세점	**N** 樂天免稅店（韓國免稅店）
시험을 잘 보다	**V** 考好（考試）	신세계면세점	**N** 新世界免稅店（韓國免稅店）
꼭	**adv** 一定	을지로입구역	**N** 乙支路入口站（韓國地鐵站名）
반드시	**adv** 務必	여권	**N** 護照
밝다	**A** 亮	바꾸다	**V** 換
어둡다ⓑ	**A** 暗	N 전	**N** N 前
상자	**N** 箱子	대사관	**N** 大使館；大使館（韓國換錢所名）
참가자	**N** 參加者	일품향	**N** 一品香（韓國換錢所名）
유지하다	**V** 維持	환전소	**N** 換錢所
어린이	**N** 兒童	문장 만들기 연습	**N** 練習造句
서로	**adv** 彼此；互相		
괜찮다	**A** 沒關係；可以；還行；不用		

第14課

외국 여행	**N** 國外旅遊	도장	**N** 印章
손님	**N** 客人	비용	**N** 費用
N 에 등록하다	**V** 報名 N；註冊 N	사인하다	**V** 簽名
등록금	**N** 報名費；註冊費		
내다	**V** 繳；交（錢；作業）		
까지	**N** 到～為止		
신청서	**N** 申請書		
학생증	**N** 學生證		
신분증	**N** 身分證		
신청하다	**V** 申請		
신청비	**N** 申請費		
무료	**N** 免費		
다시 V	**adv** 重新 V；再 V		
외국인 등록증	**N** 外國人登錄證（居留證）		
보여 주다	**V** 出示～；給～看		
통장 / 계좌	**N** 存摺；帳戶		

學個流行語吧！

- 꾸안꾸　　　　　　　　　　像是有打扮，又像沒打扮一樣

　　原文是「꾸민 듯 안 꾸민 듯」，意思是有化妝但又像是沒有化妝的樣子，指的就是自然裝感的裸妝，縮寫成為「꾸안꾸」。比起濃妝，更多人喜歡這種自然美妝喔！

노트장 (자기의 필기를 써 보세요)
| 我的筆記（寫寫看自己的筆記）|

저는 한국어를 할 수 있어요.

我會説韓語。

★重點文法

A/V ⑳ ㄹ / 을 / 울 수 (가) 있다	會 V / 可以 V / 可能會 A/V
N 일 수 (가) 있다	可能是 N
A/V ⑳ 을 수 (가) 있다	可能 A/V 了
N 였 / 이었을 수 (가) 있다	可能是 N
V ⑳ ㄹ / 을 / 울 줄 알다	會 V
V ⑳ ㄹ / 을 / 울 수 (가) 없다	不會 V / 不能 V
못 V	不會 V / 不能 V
V ⑳ ㄹ / 을 / 울 줄 모르다	不會 V

소미 : 어디 가려고 하세요 ?

小美 : 你想要去哪？

희준 : <u>신발을 사러</u> 동대문 시장에 갑니다 .

希俊 : 去東大門市場買鞋子。

소미 : 혼자 <u>가서 살 수 있어요</u> ?

小美 : 你可以自己去買嗎？

희준 : 네 , 저는 <u>한국어를 할</u> 수 있습니다 .

希俊 : 是，我會說韓文。

그리고 <u>지하철도 탈 줄 압니다</u> .

而且我也會搭地下鐵。

소미 : 참 , 이따가 비가 올 수 있으니까 우산을 가지고 가세요 .

小美 : 對了，待會可能會下雨，請帶著傘去。

희준 : 네 , 그럴게요 .

希俊 : 好的，我會帶去。

小提示

1. 「혼자＋V」（獨自 V），「혼자 가서 V」（獨自去 V），這裡加了個移動動詞「가다」。
2. 「그럴게요」是「그러다（那樣做）＋ V ㄹ / 을 / 울게요」，表示會照著對方所說的去做。
3. 「가지고 가다」可替換為「갖고 가다」或「가져가다」。

第15課

□ **대치 연습 1** | 替換練習 1 |

아래 단어를 회화에 넣어 이야기해 보세요 .
請把下列的單字代入會話中。

1. ① 통장을 만들다 開戶   **2.** ① 콘서트를 보다 看演唱會

   ② 은행 銀行   ② 강남 江南

   ③ 가다 去   ③ 버스를 타다 搭地鐵

   ④ 혼자 은행에 가다 自己去銀行   ④ 혼자 가다 自己去

   ⑤ 택시도 잡다 也攔計程車   ⑤ 티켓도 사다 也買票

□ **문장 연습 1** | 短句練習 1（填空題） |

단어를 맞게 써넣으세요 .
請填入正確的單字並完成句子。

보기 / 範例

💬 가 : 김치찌개를 먹을 수 있어요 ? (먹다)   你能吃泡菜鍋嗎？

💬 나 : 아니요 , 매워서 먹을 수 없어요 . (맵다)   不，太辣了，所以沒辦法吃。

---

① 가 : 혼자 _____수 있어요 ? (숙제하다)   你可以自己寫作業嗎？

   나 : 아니요 , _____서 혼자 할 수 없어요 . (어렵다)

     不，因為太難，所以自己沒辦法寫。

② 가 : 여기서 사진을 _____도 돼요 ? (찍다)   可以在這邊拍照嗎？

   나 : 네 , 여기서 사진을 _____수 있어요 . (찍다)   可以，這邊可以拍照。

□ 번역 연습 1 │翻譯練習 1 │

아래의 중국어를 한국어로 번역해 보세요 .

請把下列中文翻譯成韓文。

1. 因為下雨所以沒辦法去。

   _____

2. 可以幫幫我嗎？

   _____

3. 我會說法文。

   _____

4. 朋友會唱韓國歌。

   _____

소영 : 왕준 씨는 졸업하고 뭘 하실 거예요 ?
小英 :　王俊，你畢業後要做什麼？

왕준 : 저는 한국 회사에 다니려고 합니다 .
王俊 :　我想要在韓國公司上班。

소영 : 저한테 한국어를 가르쳐 줄 수 있어요 ?
小英 :　可以教我韓文嗎？

왕준 : 네 , 가르쳐 드릴 수 있습니다 .
王俊 :　好啊，我可以教你。

소영 : 언제부터 시작할까요 ?
小英 :　什麼時候開始呢？

왕준 : 다음 주 월요일부터 시작할 수 있습니다 .
王俊 :　可以從下週一開始。

小提示

1. 「한국 회사에 다니다」可替換為「한국 회사에서 일하다」。

□ 대치 연습 2 | 替換練習 2 |

아래 단어를 회화에 넣어 이야기해 보세요.

請把下列的單字代入會話中。

1. ① 퇴근하다   下班
   ② 서점에 가다   去書局
   ③ 한국어책을 한 권 골라 주다   幫忙挑選一本韓文書
   ④ 골라 드리다   幫你挑選
   ⑤ 언제 가다   什麼時候去
   ⑥ 6 시에 가다   6 點去

2. ① 수업이 끝나다   下課
   ② 동호회 모임에 가다   去參加同好會聚會
   ③ 저도 같이 가다   我也一起去
   ④ 같이 가시다   一起去（敬語）
   ⑤ 몇 시에 출발하다   幾點出發
   ⑥ 5 시에 출발하다   5 點出發

□ 문장 연습 2 | 短句練習 2（填空題）|

단어를 맞게 써넣으세요.

請填入正確的單字並完成句子。

> **보기 / 範例**
>
> 💬 가 : 자전거를 탈 줄 아세요? (타다)   你會騎腳踏車嗎？
>
> 💬 나 : 네, 자전거를 탈 수 있어요. (타다)   是，我會騎腳踏車。

① 가 : 한국어책을 _____ 아세요 ? (읽다)

  나 : 네 , 한국어책을 _____ 있어요 . (읽다)

你會唸韓文書嗎 ?

是 , 我會唸韓文書。

② 가 : 어제 왜 학교에 _____ 수 없었어요 ? (오다)   昨天為什麼沒能來學校 ?

  나 : 어제는 _____서 _____. (아프다 / 못 오다)

  昨天因為生病，所以沒辦法來。

□ 번역 연습 2 ｜翻譯練習 2 ｜

아래의 중국어를 한국어로 번역해 보세요 .

請把下列中文翻譯成韓文。

1. 會說韓文但是不會說法文。

   _____

2. 昨天因為很忙，所以沒辦法見朋友。

   _____

3. 可以在這邊拍照嗎 ?

   _____

4. 會做蛋糕嗎 ?

   _____

문법 1 | 文法 1 |

表示能力、可行性、推測

> A/V 原 ㄹ / 을 / 울 수 (가) 있다　　　A/V 過 을 수 (가) 있다
>
> N 일 수 (가) 있다　　　　　　　　N 였 / 이었을 수 (가) 있다

　3 種詞類皆可使用，用於表示能力、可行性、推測，用法如下。

1. V 動詞

> V 原 ㄹ / 을 / 울 수 (가) 있다　　①會 V
>
> 　　　　　　　　　　　　　　　（表能力，可用於 1 ～ 3 人稱的疑問句和敘述句）
>
> 　　　　　　　　　　　　　　　②可以 V
>
> 　　　　　　　　　　　　　　　（表可行性，可用於 1 ～ 3 人稱的疑問句和敘述句）
>
> 　　　　　　　　　　　　　　　③（有）可能會 V（推測，用於敘述句）
>
> 안 V 原 ㄹ / 을 / 울 수 (도) 있다　（也）有可能不會 V（推測，用於敘述句）
>
> V 原 지 않을 수 (도) 있다　　　（也）有可能不會 V（推測，用於敘述句）

（1）會 V

- 저는 운전을 할 수 있어요. = 저는 운전을 할 줄 알아요.
  我會開車。

- 수진 씨는 한국 노래를 할 수 있어요? = 수진 씨는 한국 노래를 할 줄 알아요?
  秀珍妳會唱韓國歌嗎？

- 동우 씨도 중국어를 할 수 있어요? = 동우 씨도 중국어를 할 줄 알아요?
  東宇也會說中文嗎？

（2）可以 V

- 동우 씨도 주말에 같이 갈 수 있어요?　　東宇週末也可以一起去嗎？

- 내일 만날 수 있어요.　　　　　　　　明天可以見面。

- 제가 도와 드릴 수 있습니다.　　　　　我可以幫忙。

（3）（有）可能會 V

- 오후에 비가 올 수 있어요.　　　　　下午可能會下雨。

- 차가 막힐 수 있습니다.　　　　　　可能會塞車。

（4）（也）有可能不會 V

否定句型，有時會和「도」一起使用。

- 수지 씨는 안 갈 수(도) 있어요. ＝ 수지 씨는 가지 않을 수(도) 있어요.

  秀智（也）有可能不去。

- 미미 씨는 커피를 안 마실 수(도) 있습니다.

  ＝미미 씨는 커피를 마시지 않을 수(도) 있습니다.

  美美（也）有可能不喝咖啡。

2. A 形容詞

A 原ㄹ / 을 / 울 수 (가) 있다	（有）可能會 A（推測，用於敘述句）
안 A 原ㄹ / 을 / 울 수 (도) 있다	（也）有可能不會 A（推測，用於敘述句）
A 原지 않을 수 (도) 있다	（也）有可能不會 A（推測，用於敘述句）

（1）（有）可能會 A

- 이번 시험은 어려울 수 있어요.　　　這次考試可能會難。

- 내일은 추울 수 있습니다.　　　　　明天可能會冷。

- 요즘 과일이 비쌀 수 있어요.　　　　最近水果可能會貴。

（2）（也）有可能不會 A

否定句型，有時會和「도」一起使用。

- 내일은 안 추울 수(도) 있습니다. = 내일은 춥지 않을 수(도) 있습니다.
  明天（也）有可能不冷。

- 시험이 쉽지 않을 수(도) 있어요. = 시험이 안 쉬울 수(도) 있어요.
  考試（也）有可能不容易。

3. N 名詞

> N 일 수 (가) 있다　　　（有）可能是 N（推測，用於敘述句）
>
> N 이 / 가 아닐 수 (도) 있다　　（也）有可能不是 N（推測，用於敘述句）

（1）（有）可能是 N

- 그 사람은 연예인일 수 있어요.
  那個人有可能是藝人。

- 미정 씨 남자 친구가 정우 씨일 수 있어요.
  美貞的男朋友有可能是正宇。

（2）（也）有可能不是 N

否定句型，有時會和「도」一起使用。

- 그 사람은 서울대 학생이 아닐 수(도) 있습니다.
  那個人（有）可能不是首爾大的學生。

- 미정 씨 남자 친구가 정우 씨가 아닐 수(도) 있어요.
  美貞的男朋友（有）可能不是正宇。

4. V/A/N 動詞 / 形容詞 / 名詞的過去式

A/V ㉿ 을 수 (가) 있다　　可能 A/V 了～（推測，用於敘述句）

※N有終聲音＋이었~，N沒有終聲音＋였~

N 였 / 이었을 수 (가) 있다　　可能是 N ～（推測，用於敘述句）

안 A/V ㉿ 을 수 (도) 있다　　（也）有可能（沒）不 A/V ～（推測，用於敘述句）

A/V ㉿ 지 않았을 수 (도) 있다　（也）有可能（沒）不 A/V ～（推測，用於敘述句）

N 이 / 가 아니었을 수 (도) 있다　（也）有可能不是 N ～（推測，用於敘述句）

（1）可能 A/V 了～、可能是 N ～

- 정우 씨가 (이미) 도착했을 수 있어요.　　正宇有可能（已經）到了。

- 가 : 아이들 성적이 왜 안 좋을까요?　　孩子們的成績怎麼都不好呢？
  나 : 시험 문제가 너무 어려웠을 수 있어요 .　考題有可能太難了。

- 어제 그 사람이 가수였을 수 있어요.　　昨天那個人，有可能是歌手。

（2）（也）有可能（沒）不 A/V ～、（也）有可能不是 N ～
　　否定句型，有時會和「도」一起使用。

- 정우 씨가 어제 시장에 안 갔을 수 있어요.
  = 정우 씨가 어제 시장에 가지 않았을 수 있어요.
  正宇昨天有可能沒去市場。

- 시험이 안 어려웠을 수 있습니다.
  = 시험이 어렵지 않았을 수 있습니다.
  考試有可能不難。

- 어제 그 사람이 가수가 아니었을 수 있어요.　　昨天那個人有可能不是歌手。

＊該文法，凡用於推測時，皆為敘述句。

5. 文法整理

A/V 原ㄹ / 을 / 울 수 (가) 있다 N 일 수 (가) 있다	V 原ㄹ / 을 / 울 줄 알다
①（表能力）會 V 可用於 1、2、3 人稱 可用於 A、V、N ・한국어를 할 수 있어요 . 　會說韓語。 ・한국어를 할 수 있어요 ? 　會說韓語嗎？	會 V 可用於 1、2、3 人稱 用於 V ・한국어를 할 줄 알아요 . 　會說韓語。 ・한국어를 할 줄 알아요 ? 　會說韓語嗎？
②（表可行性）可以 V ・같이 시장에 갈 수 있어요 ? 　可以一起去市場嗎？ ・네 , 갈 수 있어요 . 　是，可以（一起）去。	✕
③（表推測只能用於敘述句）可能會 A/V，可能是 N。 ・내일 비가 올 수 있어요 . 　明天可能會下雨。 ・내일 추울 수 있어요 . 　明天可能會冷。 ・그 사람은 가수일 수 있어요 . 　那個人可能是歌手。 ・수지 씨가 도착했을 수 있어요 . 　秀智可能到了。 ・시험이 어려웠을 수 있어요 . 　考試可能很難了。 ・그 사람이 가수였을 수 있어요 . 　那個人有可能是歌手。	✕

表示能力、可行性

> V ㊐ ㄹ / 을 / 울 수 (가) 없다 = 못 V　　不會 V/ 沒辦法 V/ 不能 V (表能力及可行性)
>
> V ㊐ ㄹ / 을 / 울 줄 모르다　　　　　不會 V (表能力)

　　用於動詞，表示能力、可行性，用法如下。

1. 不會 V (表能力，可用於 1 ～ 3 人稱的疑問句和敘述句)

> V ㊐ ㄹ / 을 / 울 수 (가) 없다 = 못 V = V ㄹ / 을 / 울 줄 모르다

- 저는 운전을 할 수 없어요.
  - = 저는 운전을 못해요.
  - = 저는 운전을 할 줄 몰라요.
  - 我不會開車。

- 수영을 할 수 없어요?
  - = 수영을 못해요?
  - = 수영을 할 줄 몰라요?
  - 不會游泳嗎?

- 저는 케이크를 만들 수 없어요.
  - = 저는 케이크를 못 만들어요.
  - = 저는 케이크를 만들 줄 몰라요.
  - 我不會做蛋糕。

※ 較常用「못 V」

2. 沒辦法 V / 不能 V

表可行性，可用於 1 ～ 3 人稱的疑問句和敘述句。

V 原 ㄹ / 을 / 울 수 (가) 없다 = 못 V

- 주말에 같이 갈 수 없어요? = 주말에 같이 못 가요?

  週末不能一起去嗎？

- 술을 마셔서 지금 운전할 수 없어요. = 술을 마셔서 지금 운전을 못 해요.

  因為喝了酒，所以現在沒辦法開車。

- 바빠서 여행을 갈 수 없습니다. = 바빠서 여행을 못 갑니다.

  因為太忙，所以不能去旅行。

3. 文法整理

第 15 課

V 原 ㄹ / 을 / 울 수 (가) 없다	못 V	V 原 ㄹ / 을 / 울 줄 모르다
① （表能力）不會 V 可用於 1、2、3 人稱 用於 V • 한국어를 할 수 없어요 . 　不會說韓語。 • 한국어를 할 수 없어요 ? 　不會說韓語嗎？	同左 同左 同左 • 한국어를 못해요 . 　不會說韓語。 • 한국어를 못해요 ? 　不會說韓語嗎？	同左 同左 同左 • 한국어를 할 줄 몰라요 . 　不會說韓語。 • 한국어를 할 줄 몰라요 ? 　不會說韓語嗎？
② （表可行性）不能 V/ 沒辦法 V • 내일 갈 수 없어요 . 　明天不能去。 • 내일 갈 수 없어요 ? 　明天不能去嗎？	同左 • 내일 못 가요 . 　明天不能去。 • 내일 못 가요 ? 　明天不能去嗎？	✕

單字代文法練習

1. A/V ㊉ㄹ / 을 / 울 수 있다　　　**A/V ㊊ 을 수 있다**
　　N 일 수 있다　　　　　　　　**N 였 / 이었을 수 있다**

（1）動詞 V

單詞	V ㊉ㄹ / 을 / 울 수 있다	V ㊊ 을 수 있다
가다 去	갈 수 있어요.	갔을 수 있어요.
먹다 吃	먹을 수 있어요.	먹었을 수 있어요.
만들다ㄹ 做	만들 수 있어요.	만들었을 수 있어요.
듣다ㄷ 聽	들을 수 있어요.	들었을 수 있어요.
돕다ㅂ 幫助	도울 수 있어요.	도왔을 수 있어요.

（2）形容詞 A

單詞	A ㊉ㄹ / 을 / 울 수 있다	A ㊊ 을 수 있다
크다ㅡ 大	클 수 있어요.	컸을 수 있어요.
작다 小	작을 수 있어요.	작았을 수 있어요.
덥다ㅂ 熱	더울 수 있어요.	더웠을 수 있어요.
길다ㄹ 長	길 수 있어요.	길었을 수 있어요.
맛있다 好吃	맛있을 수 있어요.	맛있었을 수 있어요.
낫다ㅅ 比較好	나을 수 있어요.	나았을 수 있어요.
빨갛다ㅎ 紅	빨갈 수 있어요.	빨갰을 수 있어요.
V 고 싶다 想 V	V 고 싶을 수 있어요.	V 고 싶었을 수 있어요.

（3）名詞 N

單詞	N 일 수 있다	N 였 / 이었을 수 있다
학생 學生	학생일 수 있어요.	학생이었을 수 있어요.
가수 歌手	가수일 수 있어요.	가수였을 수 있어요.

2. 못 V

單詞	못 V
가다 去	못 가요.
먹다 吃	못 먹어요.
만들다㉣ 做	못 만들어요.
듣다㉡ 聽	못 들어요.
돕다㉥ 幫助	못 도와요.

3. V㉠ㄹ / 을 / 울 줄 모르다

單詞	V㉠ㄹ / 을 / 울 줄 모르다
가다 去	갈 줄 몰라요.
먹다 吃	먹을 줄 몰라요.
만들다㉣ 做	만들 줄 몰라요.
듣다㉡ 聽	들을 줄 몰라요.
돕다㉥ 幫助	도울 줄 몰라요.

연예인	**N** 藝人
졸업하다	**V** 畢業
N 에 다니다	**N** 上（學）；上（班）；固定去～ N
시작하다	**V** 開始
동아리	**N** （學校）社團
혼자	**N** 自己一個人
혼자 (서) 가다	**N** 獨自一個人去
이따 (가)	**ADV** 待會
N 을 / 를 가지고 가다	**V** 帶 N 去
은행	**N** 銀行；銀杏
잡다	**V** 攔（計程車）；抓住

學個流行語吧！

- 나나랜드　　　　　是指比起他人的眼光，更愛惜自己、肯定自己的主觀生活方式。

「나나랜드」指的是不在意社會的標準或世人的眼光，以肯定自我、更愛惜自己的方式生活。「나나랜드」這個詞，是重複使用「나」（我）這個詞，並合併取自電影《樂來越愛你》原文名稱《La La Land》中的「land」一詞。這個新造語第一次出現是在《趨勢韓國 2019》（트렌드 코리아 2019）書中，以此來稱呼對自我肯定的人們。

노트장 (자기의 필기를 써 보세요)
｜我的筆記（寫寫看自己的筆記）｜

한국어능력시험에 합격했으면 좋겠어요.

希望能考過韓檢。

★重點文法

A/V 原 (으 / 우) 면 좋겠다	如果能 A/V 就好了（希望能 A/V）
N(이) 면 좋겠다	如果是 N 就好了（希望是 N）
A/V 過 으면 좋겠다	如果能 A/V 就好了（希望能 A/V）
N 였 / 이었으면 좋겠다	如果是 N 就好了（希望是 N）
A/V 原 (으 / 우) 면 되다	A/V 就可以了
N(이) 면 되다	是 N 就可以了
A/V 原 (으 / 우) 면 안 되다	A/V 不行（不可以 A/V）
N(이) 면 안 되다	若是 N 就不行（不可以是 N）
안 A/V 原 (으 / 우) 면 되다	不 A/V 就可以了
A/V 原 지 않으면 되다	不 A/V 就可以了
N 이 / 가 아니면 되다	不是 N 就可以了
안 A/V 原 (으 / 우) 면 안 되다	不 A/V 不行（不可以不 A/V）
A/V 原 지 않으면 안 되다	不 A/V 不行（不可以不 A/V）
N 이 / 가 아니면 안 되다	不是 N 不行（不可以不是 N）

수호: 은주 씨 , 공부를 열심히 하시네요 .
秀浩: 恩珠，妳好認真唸書喔。

은주: 4 월에 시험이 있어서요 .
恩珠: 因為 4 月要考試。

수호: 무슨 시험을 보실 거예요 ?
秀浩: 妳要考什麼呢？

은주: 한국어능력시험을 보려고요 .
恩珠: 我想要考韓文檢定。

한국어능력시험에 합격했으면 좋겠어요 .
希望能考過韓檢。

수호: 열심히 공부하시니까 합격하실 수 있을 거예요 .
秀浩: 妳很認真，應該可以考過。

小提示

1. 「하시네요 / 보실 거예요 / 공부하시니까 / 합격하실 수 있을 거예요」皆有代入敬語法的「시」。

2. 「N 에 합격하다」（考上 N；考過 N）。

3. 表達原因的「~ⓧ서」可以直接加「요」省略一個子句。
   ・4 월에 시험이 있어서 (열심히 공부해) 요 . 4 月有考試（所以用功讀書）。

4. 「V ⓟ (으) 려고 해요」可縮寫為「V ⓟ (으) 려고요」。
   ・한국어능력시험을 보려고 해요 .(보려고요 .) 要考韓國語文能力測驗。

아래 단어를 회화에 넣어 이야기해 보세요.

請把下列的單字代入會話中。

1. ① 그림을 열심히 그리시다   認真畫畫（敬語法）
   ② 공모전   設計比賽
   ③ 무슨 공모전에 참가하시다   參加什麼設計比賽（敬語法）
   ④ 포스터 공모전에 참가하다   參加海報設計比賽
   ⑤ 입선되다   作品被選上
   ⑥ 잘 그리시다   畫得好（敬語法）
   ⑦ 입선되다   作品被選上

   ※잘 V：很會V/V得很好/好好V

2. ① 열심히 운동하시다   認真運動（敬語法）
   ② 체육 대회   運動大會
   ③ 무슨 체육 대회에 나가시다   參加什麼運動大賽（敬語法）
   ④ 전국 체육 대회에 나가다   參加全國運動大賽
   ⑤ 우리 팀이 이기다   我們隊伍獲勝
   ⑥ 열심히 운동하시다   認真運動（敬語法）
   ⑦ 이기시다   獲勝（敬語法）

단어를 맞게 써넣으세요.

請填入正確的單字並完成句子。

보기 / 範例

● ① 겨울에 한국에 **가면** 좋겠어요 . (가다)   冬天如果能去韓國就好了。

　　　갔으면 (可替換)

● ② 그리고 스키도 **타면** 좋겠어요 . (타다)   而且如果也能滑雪就好了。

　　　탔으면 (可替換)

---

① 가 : 내일은 집에서 하루 종일 쉬면서 한국 드라마를 ＿＿＿＿＿＿ 좋겠어요 . (보다)

　　明天如果能整天在家休息，看韓劇就好了。

　　나 : 저는 강남에 가서＿＿＿＿＿＿ 좋겠어요 . (쇼핑하다)

　　我若能去江南逛街就好了。

　　그런데 바빠서 못 가요 .　　　　　　　　　　　　但是太忙了沒辦法去。

② 자격증을 많이 ＿＿＿＿＿＿ 좋겠어요 . (취득하다)　　希望能考取很多證照。

그리고 한국어를 ＿＿＿＿＿＿ 좋겠어요 . (잘할 수 있다) 而且希望韓文可以很好。

아래의 중국어를 한국어로 번역해 보세요 .

請把下列中文翻譯成韓文。

1. 希望能去韓國看演唱會。

   _____

2. 希望生日時可以收到手機。

   _____

3. 房間如果能大一點就好了。

   _____

4. 希望耶誕節能下雪。

   _____

회화 2 │會話 2│

영호 : **경희대에 가려고 하는데 150 번 버스를 타면 됩니까 ?**
永浩 : 我想要去慶熙大學，搭 150 號公車就可以了嗎 ?

미영 : **아니요 , 150 번 버스를 타시면 안 돼요 .**
美英 : 不，不可以搭 150 號公車。

156 번 버스를 타셔야 돼요
要搭 156 號公車才行。

영호 : **네 , 고맙습니다 .**
永浩 : 好的，謝謝。

미영 : **참 , 숙제를 내셨어요 ?**
美英 : 對了，作業交了嗎 ?

영호 : **아니요 , 아직 안 했는데 숙제를 안 내면 안 돼요 ?**
永浩 : 不，還沒做作業，不交不行嗎 ?

미영 : **네 , 숙제를 내시지 않으면 안 돼요 .**
美英 : 是，作業不交不行。

小提示

1. 敬語法代入句子中時，也要注意該文法的單字要用什麼形式代入喔。
   以「타다」舉例，如：「~ ⑲ (으/우)면」要用原形代入，「~ ⑲ (으/우)시면」→「타시면」，
   「~ⓧ야 돼요」要用「 ⑲ (으/우) 셔」代入，「~ ⑲ (으/우) 셔야」→「타셔야~」。

□ **대치 연습 2** | 替換練習 2 |

아래 단어를 회화에 넣어 이야기해 보세요 .
請把下列的單字代入會話中。

1. ① 신촌   新村

   ② 3 호선을 타다   搭 3 號線

   ③ 3 호선을 타시다   搭 3 號線

   ④ 2 호선을 타시다   搭 2 號線

   ⑤ 다음 학기 등록금을 내시다   繳下學期學費

   ⑥ 안 냈는데 다음 달에 내다   沒付，下個月付

   ⑦ 이번 주까지 내시다   這星期之內要繳

2. ① 롯데백화점   樂天百貨公司

   ② 4 호선을 타다   搭 4 號線

   ③ 4 호선을 타시다   搭 4 號線

   ④ 2 호선을 타시다   搭 2 號線

   ⑤ 보고서를 제출하시다   交報告

   ⑥ 안 냈는데 다음 주에 제출하다   沒交，下週交

   ⑦ 오늘까지 제출하시다   今天之內要交

단어를 맞게 써넣으세요.

請填入正確的單字並完成句子。

> **보기** / 範例
>
> 💬 가 : 한국어를 잘하려면 <u>어떻게 하면 돼요</u> ? (어떻게 하다)
>
> 　韓文若要好，要怎麼做才行呢？
>
> 💬 나 : <u>연습을 많이 하</u>면 됩니다 . (연습을 많이 하다)　　　　多練習就可以了。

① 가 : 여기서 사진을 _____ ? (찍다)　　不可以在這邊拍照嗎？

　　나 : 네 , 여기는 안 돼요 . 나가서 _____면 됩니다 . (찍다)

　　是，這裡不行，出去拍就可以了。

② 가 : 이 책을 _____ 안 돼요 ? (읽지 않다)　　　　不看這本書不行嗎？

　　나 : 네 , _____ 안 됩니다 . (안 읽다)　　　　是，不看不行。

아래의 중국어를 한국어로 번역해 보세요.
請把下列中文翻譯成韓文。

1. 不可以把垃圾丟在這裡。

   _____

2. 不可以不唸韓文。

   _____

3.（我）一個人去就可以了。

   _____

4. 圖書館不能不大。

   _____

假定語氣

> A/V 原 (으 / 우) 면 좋겠다 　　　　如果能 A/V 就好了（希望能 A/V）
>
> N(이) 면 좋겠다 　　　　　　　　如果是 N 就好了（希望是 N）
>
> A/V 過으면 좋겠다 　　　　　　　如果能 A/V 就好了（希望能 A/V）
>
> N 였 / 이었으면 좋겠다 　　　　　如果是 N 就好了（希望是 N）

1. 假定用語「~면＋좋겠다」

　　「~면＋좋겠다」其實就等於是希望事項，是指如果能達到前段所述的事項或狀態就好了，所以也常說成「希望能~」。

2. 前段用 原 或 過 形式來代入

　　前段用 原原或 過 過形式來代入皆可，我們更常用 過 形式，因為希望成真，即

　　A/V 原 (으 / 우) 면 좋겠다 ＝ A/V 過으면 좋겠다

　　N(이) 면 좋겠다 ＝ N 였 / 이었으면 좋겠다

3. 前段「~면」的單字代入法（請參考 14 課）

- 여름 방학에 한국에 가면 좋겠습니다. (갔으면)
  希望暑假能去韓國（暑假如果能去韓國就好了）。

- 집을 사면 좋겠습니다. (샀으면) 　　　　　希望能買房子。

- 외국에 살면 좋겠어요. (살았으면) 　　　　希望能住在國外。

- 비가 많이 안 오면 좋겠어요. (안 왔으면) 　　希望不要下太多雨。

- 돈이 많으면 좋겠습니다. (많았으면) 　　　希望錢能多一點。

- 날씬하면 좋겠어요. (날씬했으면) 　　　　　希望能苗條。

- 남자 친구가 가수면 좋겠습니다. (가수였으면) 　希望男朋友是歌手。

- 선물이 핸드폰이면 좋겠어요. (핸드폰이었으면) 　希望禮物是手機。

4. 亦常與下列文法結合使用

（1）V ⓪ ㄹ / 을 / 울 수 있다＋으면 좋겠다　希望可以 V（如果可以 V 就好了）

　　＝ V ⓪ ㄹ / 을 / 울 수 있으면 좋겠다 .（있었으면）

- 대기업에 들어갈 수 <u>있으면</u> 좋겠어요. (있었으면)

  希望能夠考進大企業。（如果能夠/可以考進大企業就好了）

- 대기업에 다닐 수 <u>있으면</u> 좋겠어요. (있었으면)

  希望能夠在大企業上班。

- 이번에 시험을 잘 볼 수 <u>있으면</u> 좋겠어요. (있었으면)

  希望這次（考試）能考好。

（2）A ⊗지다＋ㄹ / 을 / 울 수 있다＋으면 좋겠다　希望能夠 / 可以變 A（如果能夠 / 可以變 A 就好了）

- 날씬해질 수 <u>있으면</u> 좋겠어요. (있었으면)　　　希望能變苗條。

（3）A ⊗지다＋으면 좋겠다　希望能 / 可以變 A（如果能 / 可以變 A 就好了）

- <u>날씬해지면</u> 좋겠어요. (날씬해졌으면)　　　希望能變苗條。

※這裡有無加「 ⓪ ㄹ/을/울 수 있다」中文的意思都差不多，但韓文稍微不同，加「 ⓪ ㄹ/을/울 수 있다」有強調「能夠」之意。例：我減肥數次皆未成功真的好希望能夠變苗條，就可以用「이번에는 날씬해질 수 있었으면 좋겠습니다.」（希望這次能夠變苗條。）來表現。

（4）N 이 / 가 되다＋ㄹ / 을 / 울 수 있다＋으면 좋겠다 .　希望能夠 / 可以成為 N（如果能夠 / 可以成為 N 就好了）

- 가수가 될 수 <u>있으면</u> 좋겠습니다. (있었으면)　　　希望能夠成為歌手。

- 선생님이 될 수 <u>있으면</u> 좋겠어요. (있었으면)　　　希望能夠成為老師。

（5）N 이 / 가 되다＋면 좋겠다　希望能／可以成為 N（如果能夠 / 可以成為 N 就好了）

- 가수가 <u>되면</u> 좋겠습니다. (됐으면/되었으면)　　　希望能成為歌手。

- 선생님이 <u>되면</u> 좋겠어요. (됐으면/되었으면)　　　希望能成為老師。

※這裡有無加「ㄹ/을/울 수 있다」中文都差不多，有加有強調「能夠」之意。

（6）句尾也常與感歎用語「～네요」連用。

- 이번에는 성공할 수 <u>있으면</u> 좋겠네요. (있었으면)　　　希望這次能夠成功耶。

- 이번에는 <u>성공하면</u> 좋겠네요. (성공했으면)　　　希望這次能成功耶。

~면＋되다／안 되다的用法

1.

（1）

前段句子	後段句子	中文
A/V 原 (으 / 우) 면	되다	A/V 就可以了
N(이) 면	되다	是 N 就可以了

- 등록금은 내일 내면 됩니다.   報名費明天繳就可以了。

  （報名費可以明天繳）

- 연습을 많이 하면 돼요.   多做練習就可以了。

- 집이 학교에서 가까우면 돼요.   家離學校近就可以了。

- 노트북은 가볍고 성능이 좋으면 됩니다.   筆電（只要）輕而且性能好就可以了。

- 참가자가 학생이면 돼요.   參加者是學生就可以了。

- 의사면 돼요.   （是）醫生就可以了。

（2）

前段句子	後段句子	中文
A/V 原 (으 / 우) 면	안 되다 後段否定	A/V 不行（不可以 A/V）
N(이) 면	안 되다	若是 N 就不行（不可以是 N）

- 여기서 담배를 피우면 안 됩니다.   不可以在這邊吸菸。

- 집이 학교에서 멀면 안 돼요.   家不能離學校遠。

- 참가자가 외국인이면 안 돼요.   參加者不可以是外國人。

（3）

前段句子		後段句子	中文
前段否定	안 A/V ⑲ (으 / 우) 면	되다	不 A/V 就可以了
	A/V ⑲ 지 않으면	되다	不 A/V 就可以了
	N 이 / 가 아니면	되다	不是 N 就可以了

- 물가에 안 가면 돼요.
  물가에 가지 않으면 돼요 .　　　不去河邊就可以了。

- 안 매우면 됩니다.
  맵지 않으면 됩니다 .　　　不辣就可以了。

- 소고기가 아니면 돼요.　　　不是牛肉就可以了。

- 학생이 아니면 돼요.　　　不是學生就可以了。

（4）

前段句子		後段句子	中文
前段否定	안 A/V ⑲ (으 / 우) 면	안 되다	不 A/V 不行（不可以不 A/V）
	A/V ⑲ 지 않으면	안 되다 後段否定	不 A/V 不行（不可以不 A/V）
	N 이 / 가 아니면	안 되다	不是 N 不行（不可以不是 N）

＊「不～不行」等於「一定要～」，可替換為「꼭 / 반드시 ~ ⊗야 하다 / 되다」

① A/V ⑲ (으 / 우) 면 안 되다 = 꼭 / 반드시 A/V ⊗야 하다 / 되다
② A/V ⑲ 지 않으면 안 되다 = 꼭 / 반드시 A/V ⊗야 하다 / 되다
③ N 이 / 가 아니면 안 되다 = 꼭 / 반드시 N 여 / 이어야 하다 / 돼다

- 운동을 안 하면 안 됩니다.

- 운동을 하지 않으면 안 됩니다.　　　不運動不行。

  ※可替換為 운동을 꼭 해야 됩니다. (반드시)　　　一定要運動才行。

- 학교에 안 가면 안 돼요.

- 학교에 가지 않으면 안 돼요.　　　不去學校不行。

  ※可替換為 학교에 반드시 가야 돼요.　　　一定要去學校才行。

| 139 |

- 가방이 안 크면 안 돼요.

- 가방이 크지 않으면 안 돼요.   包包不大不行。

※可替換為 가방이 꼭 커야 해요.   包包一定要大才行。

- 참가자가 학생이 아니면 안 됩니까?   參加者如果不是學生不行嗎？

※可替換為 참가자가 꼭 학생이어야 됩니까?   參加者一定要是學生嗎？

2.「V(으) 면 되다」也常與「V(으) 십시오／ V(으) 세요」替換使用。

可以常在飯店等處聽得到，另因該文法較婉轉，因此如果是請對方一定要確實做好，就不會用這個文法喔，如：안전벨트를 착용하시기 바랍니다 .（請繫安全帶。）

- 12시에 체크아웃하시면 됩니다.   請在12點退房。（12點退房就可以了。）

- 12시에 체크아웃하십시오.   請在12點退房。

- 12시에 체크아웃하세요.   請在12點退房。

- 이쪽 엘리베이터를 이용하시면 됩니다.   請搭這邊的電梯。

         （搭這邊的電梯就可以了。 ）

- 이쪽 엘리베이터를 이용하세요.   請搭這邊的電梯。

- 안전벨트를 착용하시기 바랍니다.   請繫安全帶。

- 안전벨트를 착용하십시오.   請繫安全帶。

- 안전벨트를 착용하세요.   請繫安全帶。

- 안전벨트를 매세요.   請繫安全帶。

單字代文法練習

1. A/V 原 (으 / 우) 면 좋겠다　　A/V 았 / 었으면 좋겠다
　　N(이) 면 좋겠다　　　　　　N 였 / 이었으면 좋겠다

單字		A/V 原 (으 / 우) 면 좋겠다 N(이) 면 좋겠다	A/V 았 / 었으면 좋겠다 N 였 / 이었으면 좋겠다
보다	看	보면 좋겠다	봤으면 좋겠다
만들다ㄹ	做	만들면 좋겠다	만들었으면 좋겠다
읽다	唸 / 閱讀	읽으면 좋겠다	읽었으면 좋겠다
시원하다	涼爽	시원하면 좋겠다	시원했으면 좋겠다
가볍다ㅂ	輕	가벼우면 좋겠다	가벼웠으면 좋겠다
의사	醫生	의사면 좋겠다	의사였으면 좋겠다
회사원	上班族	회사원이면 좋겠다	회사원이었으면 좋겠다

2. A/V 原 (으 / 우) 면 되다
　　N(이) 면 되다

單字		A/V 原 (으 / 우) 면 되다 N(이) 면 되다
듣다ㄷ	聽	들으면 되다
조용하다	安靜	조용하면 되다
크다ㅡ	大	크면 되다
학생	學生	학생이면 되다
커피	咖啡	커피면 되다

3. 안 A/V ⑱ (으 / 우) 면 되다   A/V ⑱ 지 않으면 되다
　N 이 / 가 아니면 되다

單字	안 A/V ⑱ (으 / 우) 면 되다 N 이 / 가 아니면 되다	A/V ⑱ 지 않으면 되다
시끄럽다 ⓑ　　吵鬧	안 시끄러우면 되다	시끄럽지 않으면 되다
쓰다 ⊖　　　用	안 쓰면 되다	쓰지 않으면 되다
학생　　　學生	학생이 아니면 되다	
커피　　　咖啡	커피가 아니면 되다	

한국어	품사	中文
한가하다	A	空閒
날씬하다	A	苗條
선물	N	禮物
핸드폰	N	手機（hand phone）
들어가다	V	進去
대기업	N	大企業
중소기업	N	中小企業
성공하다	V	成功
체크인하다	V	辦理入住（Check-in）
체크아웃하다	V	退房（Check-out）
엘리베이터	N	電梯（elevator）
에스컬레이터	N	手扶梯（escalator）
이용하다	V	利用；使用
사용하다	V	使用
기능	N	機能；功能
성능	N	性能
컴퓨터 /PC	N	電腦（PC；computer）
노트북	N	筆電（notebook）
가볍다ⓗ	A	輕
무겁다ⓗ	A	重
참가하다	V	參加
담배	N	香菸
피우다	V	吸（菸）
외국인	N	外國人
물가	N	水邊；河邊；物價
소고기 / 쇠고기	N	牛肉
한우	N	韓牛
소	N	牛
돼지고기	N	豬肉
돼지	N	豬
한돈	N	韓豚
닭고기	N	雞肉
닭	N	雞
양고기	N	羊肉

양	**N** 羊	보고서	**N** 報告
물고기	**N** 魚（水裡游的）	제출하다	**V** 交；提出
생선	**N** 魚（料理用；食用的）	조용하다	**A** 安靜
한국어능력시험 / TOPIK	**N** 韓文檢定	시끄럽다ⓗ	**A** 吵鬧
합격하다	**V** 合格；考上	하루 종일 / 온종 일	**N** 一整天
그리다	**V** 畫（畫）	자격증	**N** 證照
포스터	**N** 海報（poster）	취득하다	**V** 取得
포스터 공모전	**N** 海報設計比賽	크리스마스	**N** 耶誕節（Christmas）
입선되다	**V** 入選（作品被選上）	쓰레기	**N** 垃圾
이기다	**V** 贏；獲勝	버리다	**V** 丟棄
지다	**V** 輸	착용하다	**V** 繫
팀	**N** 團隊（team）	매다	**V** 繫
체육대회	**N** 運動大會		
전국	**N** 全國		
N 에 나가다	**N** 參加～（比賽）		
경희대	**N** 慶熙大（韓國大學名； 「경희대학교」慶熙大學）		
학기	**N** 學期		
다음 N	**N** 下（個）N		

學個流行語吧！

- 매력 쩔어   魅力驚人

是指超有魅力，在韓劇中很常聽到喔！可以用來形容人及物品。不過啊，其實「쩔어」目前還不是字典中正規用字，只是大家常用的流行語喔！

노트장 (자기의 필기를 써 보세요)
| 我的筆記（寫寫看自己的筆記）|

第16課

맛있는 설렁탕을 먹었어요 .

我吃了好吃的雪濃湯。

★重點文法

V 原 ㄴ / 은 / 운 + N	V 的 N
V 原 는 + N	（在） V 的 N
V 原 ㄹ / 을 / 울 + N	要 V 的 N / 能 V 的 N
A 原 ㄴ / 은 / 운 / 는 + N	A 的 N

基本句型彙整

민수 : 지난주에 맛있는 설렁탕을 먹었어요.

敏洙 : 我上週吃了好吃的雪濃湯。

수지 : 그래요? 오늘 수업 후에 같이 맛있는 것을 먹으러 가실래요?

秀智 : 是喔？今天下課後要不要一起去吃好吃的？

민수 : 좋아요. 어디로 갈까요?

敏洙 : 好啊。要去哪裡呢？

수지 : 강남에 곱창이 맛있는 식당이 있어요.

秀智 : 江南有個牛小腸很好吃的餐廳。

그런데 조금 매워요.

不過，有點辣。

민수 : 괜찮아요. 저는 매운 것을 좋아해요.

敏洙 : 沒關係，我喜歡吃辣的。

수지 : 그래요? 저도 매운 음식을 좋아해요.

그래서 자주 먹어요.

秀智 : 是喔？我也喜歡辣的食物。

所以很常吃。

小提示

1. 「그런데」在此亦可替換為「하지만 / 그러나 / 그렇지만」。

2. 「매운 음식을 좋아해요.」和「그래서 자주 먹어요.」若要合併為一句，則是「매운 음식을 좋아해서 자주 먹어요.」。

第 17 課

아래 단어를 회화에 넣어 이야기해 보세요 .

請把下列的單字代入會話中。

1. ① 예쁜 원피스를 보다 看到漂亮的連身洋裝

　② 옷을 사다 買衣服

　③ 강남고속버스터미널역 江南高速巴士轉運站

　④ 싸고 예쁜 옷들 便宜又漂亮的衣服

　⑤ 멀다 遠

　⑥ 옷 구경 看衣服

　⑦ 옷 구경하는 것 看衣服

　⑧ 쇼핑하다 逛街

2. ① 귀여운 노트를 보다 看到可愛的筆記本

　② 문구용품을 사다 買文具用品

　③ 종로 鐘路

　④ 큰 서점 大的書局

　⑤ 걸어야 하다 要走點路

　⑥ 걷는 것 走路

　⑦ 걷는 것 走路

　⑧ 산책하다 散步

단어를 맞게 써넣으세요 .

請填入正確的單字並完成句子。

> 보기 / 範例
>
> 💬 ① 이 케이크는 아주 달아요 . (케이크 / 달다)　　　　這蛋糕很甜。
>
> 　　→ 이것은 아주 <u>단 케이크</u>예요 .　　　　　　　　　這是很甜的蛋糕。
>
> 💬 ② 가방을 하나 샀어요 . (가방)　　　　　　　　　　買了一個包包。
>
> 　　그 가방은 크고 가벼워요 . (크고 가볍다)　　　　那個包包又大又輕。
>
> 　　→ <u>크고 가벼운 가방</u>을 하나 샀어요 .　　　　　　買了一個又大又輕的包包。

① 커피를 마시고 싶어요 . (커피)　　　　　　　　　想喝咖啡。

　　그 커피는 따뜻해요 . (따뜻하다)　　　　　　　那咖啡是熱的。

　　→ ＿＿＿＿＿를 마시고 싶어요 .　　　　　　　想喝熱咖啡。

※「따뜻하다」（溫暖），用於水及飲料時是「熱」的意思。

② 운동화를 신고 산에 가야 해요 . (운동화)　　要穿運動鞋去山上。

　　그 운동화가 편해요 . (편하다)　　　　　　　那運動鞋很舒適。

　　→ ＿＿＿＿＿를 신고 산에 가야 해요 .　　要穿舒適的運動鞋去山上。

아래의 중국어를 한국어로 번역해 보세요 .

請把下列中文翻譯成韓文。

1. 在機場看到了有名的歌手。

_____

2. 想買短裙。

_____

3. （你）喜歡哪一種電影呢？

_____

4. 是個很愉快的旅行了。

_____

은희 : 어제 재미있는 드라마를 봤어요.

恩希 : 昨天看了很好看的連續劇。

희수 : 무슨 드라마였어요 ?

希洙 : 是什麼連續劇？

은희 : '사랑의 불시착'이었는데 현빈 씨하고 손예진 씨가 주연한 드라마였어요.

恩希 : 《愛的迫降》，是玄彬和孫藝珍主演的連續劇。

저는 손예진 씨를 좋아해서 손예진 씨가 나오는 드라마나 영화는 다 봐요.

因為我喜歡孫藝珍，所以她演出的連續劇或是電影，我都會看。

희수 : 저도 손예진 씨하고 현빈 씨를 좋아해요.

希洙 : 我也喜歡孫藝珍和玄彬。

小提示

1. 因為是在談昨天看的連續劇，所以要用過去式。

   • 무슨 드라마였어요 ? / ～ 드라마였어요.

2. 「손예진 씨가 나오는 드라마」因為是指只要是她演出的連續劇，所以常用表常態的「V 는 N」，當然若想指她有演出過的，這句可用「V ㄴ / 은 / 운 N」→「나온 드라마」

3. 「N(이) 나」是「N 或是～」的意思。

第
17
課

아래 단어를 회화에 넣어 이야기해 보세요 .

請把下列的單字代入會話中 。

1. ① 즐거운 모임에 참석하다 　　　　　參加愉快的聚會

   ② 모임 　　　　　　　　　　　　　聚會

   ③ '라사모' 　　　　　　　　　　　泡麵愛聚

   ④ 라면을 사랑하는 사람들의 모임 　愛泡麵者的聚會

   ⑤ 라면 　　　　　　　　　　　　　泡麵

   ⑥ 유명한 맛집이나 시식회 　　　　有名的泡麵餐廳或是試吃會

   ⑦ 가다 　　　　　　　　　　　　　去

   ⑧ 라면 　　　　　　　　　　　　　泡麵

2. ① 그림 전시회에 가다 　　　　　　去看畫展

   ② 그림 전시회 　　　　　　　　　畫展

   ③ 산수화 전시회 　　　　　　　　山水畫畫展

   ④ 배남주 작가의 작품들 　　　　　裴南柱畫家的作品

   ⑤ 풍경화 　　　　　　　　　　　　風景畫

   ⑥ 산수화 작품이 있는 전시회 　　有風景畫畫作的畫展

   ⑦ 보러 가다 　　　　　　　　　　去看

   ⑧ 산수화 　　　　　　　　　　　山水畫

단어를 맞게 써넣으세요 .
請填入正確的單字並完成句子。

보기 / 範例

💬 ① 은지 씨는 커피를 마시면서 책을 읽어요 .　　　恩芝一邊喝著咖啡一邊看書。

　　→ 커피를 마시면서 책을 읽는 사람은 은지 씨예요 .

　　一邊喝著咖啡一邊看書的人是恩芝。

💬 ② 은수 씨는 어제 한국에 갔어요 .　　　恩秀昨天去了韓國。

　　→ 어제 한국에 간 사람은 은수 씨입니다　昨天去韓國的人是恩秀。

---

① 어제 선물을 받았어요 .　　　　　　昨天收到了禮物。

　　그 선물은 시계였어요 .　　　　　　那禮物是手錶。

　　→ ＿＿＿＿＿＿＿＿＿은 시계였어요 .　昨天收到的禮物是手錶。

② 내일 친구를 만날 거예요 .　　　　　我明天要見朋友。

　　그 친구는 수미 씨예요 .　　　　　那個朋友是秀美。

　　→ ＿＿＿＿＿＿＿＿＿는 수미 씨예요 .　明天要見的朋友是秀美。

아래의 중국어를 한국어로 번역해 보세요 .

請把下列中文翻譯成韓文。

1. 我現在看的電影很有趣。

   _____

2. 昨天去的市場是廣藏市場。

   _____

3. 明天要做的蛋糕是草莓蛋糕。

   _____

4. 開往機場的巴士在哪裡？

   _____

形容詞及動詞的冠形詞

其實簡單來說，就是動詞名詞化（V 的 N）及形容詞名詞化（A 的 N）

如：

V＋N→N	吃飯＋人 → 吃飯的人
A＋N→N	漂亮＋包包 → 漂亮的包包

1. 動詞名詞化，有分時態

時態	過去	現在／常態	未來／推測	
單字	V ⑩ ㄴ/은/운＋N V 的 N	V ⑩ 는＋N （在）V 的 N V ⑩ 고 있는＋N 正在 V 的 N	V ⑩ ㄹ/을/울 N 要 V 的 N 能 V 的 N	備註
사다　　買 케이크　蛋糕	산 케이크	사는 케이크 사고 있는 케이크	살 케이크	註 1
먹다　　吃 케이크　蛋糕	먹은 케이크	먹는 케이크 먹고 있는 케이크	먹을 케이크	註 2
만들다ㄹ　做 케이크　蛋糕	* 만든 케이크	만드는 케이크 만들고 있는 케이크	만들 케이크	註 3
듣다ㄷ　聽 노래　　歌	들은 노래	듣는 노래 듣고 있는 노래	들을 노래	註 4
돕다ㅂ　幫助 사람　　人	도운 사람	돕는 사람 돕고 있는 사람	도울 사람	註 5

註 1：單字沒有終聲音時。

사다	산 N	사는 N	살 N
	ㄴ塞進來		ㄹ塞進來

註 2：單字有終聲音時。

먹다	먹은 N	먹는 N	먹을 N
	ㄴ塞不進去時+은		ㄹ塞不進去時+을

註 3：ㄹ不規則①遇到「ㅅ、ㄴ、ㅂ」（史奴比）之一，「ㄹ」脫落。

②遇到「ㄴ/은」的文法時，「ㄹ」脫落。

③遇到「ㄹ」的文法時，直接接。

만들다	만든 N	만드는 N	만들 N
	①ㄹ脫落ㄴ塞進來	②ㄹ脫落	③直接接

註 4：ㄷ不規則，遇到「ㅇ」時，「ㄷ」變成「ㄹ」。

듣다	들은 N	듣는 N	들을 N
	ㄷ變ㄹ後+은		ㄷ變ㄹ後+을

註 5：ㅂ不規則，遇到「ㅇ」時，「ㅂ」脫落，整個字給它，母音變「ㅜ→운/울」。

돕다	도운 N	돕는 N	도울 N
	ㅂ脫落加운		ㅂ脫落加울
	※ ㅂ脫落後，雖然變得沒有終聲音但不塞在下面，要整個字給它		

- 제가 어제 산 케이크가 아주 맛있었어요.　　　　我昨天買的蛋糕非常好吃。

　V ㄴ/은/운+ N

　　　N이/가+ A

※冠形詞裡動作主語的助詞通常用「이/가」。

- 제가 지금 듣는 노래는 BTS(의) 노래입니다.　　我現在在聽的歌是BTS的歌。

　V 는+ N

　　　N은/는　　　 N입니다.

- 내일 먹을 케이크를 사야 돼요.　　　　　　　要買明天要吃的蛋糕。

　V ㄹ/을/울+ N

　　　N을/를 사다

　　　　야 돼요.

- 다리가 아픈데 앉을 자리가 있을까요? 腿好痛，有位子可以坐嗎？

N 이 / 가 A ㄴ데 V ㄹ / 을 / 울 + N

（文法式翻譯：有可以坐的位子嗎？）

N 이 / 가 있다

을까요？

- 홍대로 가는 버스를 어디에서 타요? 開往弘大的公車在哪裡搭？

V 는 + N

N 을 / 를　N 에서 타요？

（을 / 를可用은 / 는強調）

※常態的也都用「V는＋N」。

2. 形容詞名詞化 A 的 N

單字	A ⑳ ㄴ / 은 / 운 / 는＋ N	備註
크다　大 가방　包包	큰 가방	沒有終聲音＋ㄴ
작다　小 가방　包包	작은 가방	有終聲音＋은
길다ㄹ　長 머리　頭髮	긴 머리	ㄹ不規則，ㄹ脫落＋ㄴ
맛있다　好吃 케이크　蛋糕	맛있는 케이크	～있다 /～없다＋는
덥다ㅂ　熱 날씨　天氣	더운 날씨	ㅂ不規則，ㅂ脫落＋운
낫다ㅅ　比較好 핸드폰　手機	나은 핸드폰	ㅅ不規則，ㅅ脫落＋은
빨갛다ㅎ　紅 가방　包包	빨간 가방	ㅎ不規則，ㅎ脫落＋ㄴ
V 고 싶다　想 V	V 고 싶은 N	싶다是輔助形容詞

- 저는 큰 가방을 하나 사고 싶어요. 　我想買一個大（的）包包

  N 은 / 는

  　　　　N 을 / 를 하나 사다

  　　　　　　　고 싶어요 .

- 작은 가방이 귀여워요. 　　　　小的包包很可愛。

  　　N 이 / 가　A

- 긴 머리를 좋아하세요? 　　　　喜歡長髮嗎？

  　　N 을 / 를 좋아하다

- 맛있는 케이크를 먹고 싶습니다. 　想吃好吃的蛋糕。

  　　　N 을 / 를 먹고 싶다

- 더운 날씨를 안 좋아해요. 　　　不喜歡熱的天氣。

  　　N 을 / 를 안 좋아하다

- 더 나은 핸드폰을 추천해 주세요. 　請幫我推薦更好的手機。

  　　N 을 / 를 추천해 주다

- 빨간 가방이 어떻습니까? 　　　紅色（的）包包怎麼樣？

  　　N 이 / 가　A

- 먹고 싶은 음식이 있어요? 　　　有想吃的食物嗎？

  　　N 이 / 가 있다

3. 延伸補充：否定用法「~않다」與 V 連用時是 V，與 A 連用時是 A

（1）動詞

　①動詞：過去時

　　안 V ㄴ / 은 / 운 N ＝ V 지 않은 N

　　숙제 作業／내다 交

158

- 지금까지 안 낸 숙제가 많아요?

  <u>N</u> 이 / 가 많아요 ?

= 내지 않은 숙제가 많아요 ?   （到目前為止）沒交的作業多嗎 ?

  <u>N</u> 이 / 가 많아요 ?

②動詞：常態的

  안 V 는 N = V 지 않는 N

  음식 食物／먹다 吃

- 안 먹는 음식이 있어요?

  = 먹지 않는 음식이 있어요 ?   你有不吃的食物嗎 ?

（2）形容詞

안 A ㄴ / 은 / 운 / 는 N = A 지 않은 N

음식 食物／맵다 辣

- 안 매운 음식이 있어요?

  = 맵지 않은 음식이 있어요 ?   有不辣的食物嗎 ?

彙整一下基本句型吧！（含基本助詞）

1. N₁ 은 / 는 N₂ 입니다 ./ 입니까 ?

（1）N₁ 은 / 는 N₂ 입니다 .　N₁ 是 N₂。
（○）（×）

예요 . （×）

이에요 . （○）

- 저는 학생**입니다**.(이에요.)　　我是學生。

- 마이클 씨는 기자**입니다**. (예요.)　　麥克是記者。

（2）N₁ 은 / 는 N₂ 입니까 ?　N₁ 是 N₂ ?
（○）（×）

예요 ? （×）

이에요 ? （○）

- 이 가방은 누구(의) 가방**입니까**?(이에요?)　這包包是誰的包包？

- 마이클 씨는 기자**입니까**? (예요?)　　麥克是記者嗎？

2. N 否定

（1）N 이 / 가 **아닙니다** .　不是 N。
（○）（×）

아니에요 .

- 한국 사람이 아닙니다. (아니에요.)　不是韓國人。

（2）N 이 / 가 **아닙니까 ?**　不是 N ?
（○）（×）

아니에요 ?

- 한국 사람이 아니에요?　　　　不是韓國人嗎？

（3）（加入主語 S）N$_1$(S) 은 / 는 N$_2$ 이 / 가 아닙니다． N$_1$ 不是 N$_2$。
（○）（×） （○）（×）

- 저는 한국 사람이 아닙니다.　　　　我不是韓國人。

- 마이클 씨는 기자가 아니에요?　　麥克不是記者嗎?

3-1. 動詞的運用 1（目的格助詞＋動詞）

（1）N 을 / 를 V　V N
（○）（×）

　　　　＝ 먹다 吃／마시다 喝／사다 買⋯

- 밥을 먹습니다.　　　　　　　　吃飯

（2）（加入主語 S）N$_1$(S) 은 / 는 N$_2$ 을 / 를 V　N$_1$VN$_2$
（○）（×） （○）（×）

- 저는 밥을 먹습니다.　　　　　　我在吃飯。

- 친구는 빵을 먹어요?　　　　　　朋友在吃麵包?

（3）（加入場所 P）N$_1$(P) 에서 N$_2$ 을 / 를 V　在 N$_1$VN$_2$
（○）（×）

- 집에서 밥을 먹어요.　　　　　　在家吃飯。

※에서：ⓐ在～V的地點助詞，從～V地點起始點助詞。

（4）（加入主語和場所）N$_1$ 은 / 는 N$_2$ 에서 N$_3$ 을 / 를 V　N$_1$ 在 N$_2$V N$_3$
（○）（×）　　　　　（○）（×）

- 저는 집에서 밥을 먹습니다.　　我在家吃飯。

- 수미 씨는 어디에서 식사하세요?　秀美妳在哪裡用餐?

 (어디에서 = 어디서)

 (식사하세요 ? = 식사를 하세요 ?)

3-2. 動詞的運用 2（移動動詞）

（1）N 에 V　V N

　　　　＝ 가다 去／오다 來／앉다 坐⋯

- 학교에 갑니다.　　　　　去學校。

（2）（加入主語）N₁ 은 / 는 N₂ 에 V　　N₁VN₂

（○）（×）

- 저는 학교에 가요.　　　　　　　　我去學校。

3-3. 動詞的運用 3（在某個場所做某動作或移動的起始地點）

（1）N₁(P) 에서 V　　在 NV/ 從 NV

　　　= 오다 來 / 쉬다 休息 / 배우다 學…

- 어디에서 한국어를 배우십니까? (어디서)　你在哪裡學韓文？

- 주말에 집에서 쉬었어요.　　　　　　週末在家休息了。

　（에 = 時間及地點助詞之一）

- 어느 나라에서 오셨어요?　　　　　你來自哪個國家？

（2）（加入主語）N₁ 은 / 는 N₂ 에서 V　N₁ 在 N₂V ／ N₁ 從 N₂V

（○）（×）

- 저는 대학교에서 한국어를 배워요.　我在大學學韓文。

- 오늘 친구가 한국에서 올 거예요.　今天朋友要從韓國來。

3-4. 綜合

主語	時間	地點	V（含 V 子句）
N 은 / 는	N 에	N 에	V
N 은 / 는	N 에	N 에서	V
N 은 / 는	N 에	N 에서	N 을 / 를 V

- 저는 수요일에 학교에 가요.　　　　我星期三去學校。

- 저는 주말에 집에서 쉬어요.　　　　我週末在家休息。

- 저는 일요일에 대학교에서 한국어를 배웁니다.　我星期天在大學學韓文。

4-1. N 이 / 가 A　N（很）A

（○）（×）

- 불고기가 맛있어요.　　　　　　烤肉很好吃。

- 케이크가 답니까?　　　　　　蛋糕甜嗎？

N 은 / 는 A　　　　　　　　**N（很）A**

（1）大自然的

- 설악산은 아름답습니다.　　　雪嶽山很美。

（2）定律的

- 흡연은 건강에 해로워요.　　　吸菸危害健康。

（3）談話者皆知的對象

- 수지 씨는 정말 착해요.　　　秀智真的很善良。

（4）舊訊息（或同一話題中論及到的相關單字）

- 가 : 요즘 포도가 아주 맛있어요.　　　最近葡萄很好吃。
  나 : 방울토마토는 어때요 ?　　　小蕃茄怎麼樣？

4-2. N₁ 은 / 는 N₂ 이 / 가 A　N₁N₂A

大主詞（○）（×）小主詞（○）（×）

※大小主詞在同一個句子裡。

- 오늘은 날씨가 따뜻해요.　　　今天天氣很溫暖。

- 은주 씨는 눈이 참 예쁩니다.　　　恩珠的眼睛很漂亮。

5. A 及 V 的否定

（1）A/V 지 않다　　　　　　　　　　　　　　　不 A/V
（2）안 A/V（「N 하다」形式的 V，「안」要在「하다」前面）　　　不 A/V

- 주말에 학교에 가지 않습니다.
  주말에 학교에 안 갑니다 .　　　週末不去學校。

- 저는 운동을 하지 않습니다.
  저는 운동하지 않습니다 .
  저는 운동을 안 합니다 .　　　我不運動。

- 오늘은 춥지 않습니다.
  오늘은 안 추워요 .　　　今天不冷。

6. 對等比較，前後主語皆用 N_1 은 / 는 ~ N_2 은 / 는 ~

N_1 은 / 는 ~ 고 N_2 은 / 는 ~	N_1 ~（而）N_2 ~
N_1 은 / 는 ~ 지만 N_2 은 / 는 ~	N_1 ~ 但是 N_2 ~
N_1 은 / 는 ~ ㄴ / 은 / 는데 N_2 은 / 는 ~	N_1 ~ 但是 N_2 ~ / N_1 ~ N_2 ~

- 저는 학교에 가고 친구는 식당에 가요.　　我去學校，朋友去餐廳。
　　　　　　　가지만
　　　　　　　가는데

7. 「있다」和「없다」的用法

N_1 이 / 가 있다 / 없다	有／沒有 N_1，N_1 在／ N_1 不在
N_2 에 있다 / 없다	在 N_2 ／沒在 N_2，N_2 有／ N_2 沒有
N_1 이 / 가 N_2 에 있다 / 없다	N_1 在 N_2，N_1 沒在 N_2
N_2 에 N_1 이 / 가 있다 / 없다	N_2 有 N_1，N_2 沒有 N_1

- 지우개가 있어요.　　　　　　有橡皮擦。

- 책상 위에 있어요.　　　　　　在書桌上。

- 지우개가 책상 위에 있어요.　　橡皮擦在書桌上。

- 책상 위에 지우개가 있어요.　　書桌上有橡皮擦。

8. N 이 / 가 오다　N 來／下（雨／雪）

- 어제 비가 왔어요.　　　　　　昨天下了雨。

- 친구가 왔어요.　　　　　　　朋友來了。

※有些V基本助詞是「이/가」，中高級會看到更多這種動詞，因此助詞要一起記。

9. N 加「도」時，原本的助詞若為「이 / 가」、「은 / 는」、「을 / 를」時，皆去掉再加「도」。

N 은 / 는 + 도 → N 도

N 이 / 가 + 도 → N 도

N 을 / 를 + 도 → N 도

- 친구는 커피숍에 가요.　　　　朋友去咖啡廳。

- 친구도 커피숍에 가요.　　　　朋友也去咖啡廳。

- 포도가 맛있어요.　　　　葡萄好吃。

- 딸기도 맛있어요.　　　　草莓也好吃。

- 불고기를 먹었어요.　　　　吃了烤肉

- 냉면도 먹었어요.　　　　也吃了冷麵。

10. 其實 N 相當重要，N 看得越快，文法及句子架構就能越快拆解出來，造句寫作及會話就更正確。

N	을 / 를或이 / 가或은 / 는	
N N	제 책	제 것
V ㄴ / 은 / 운 N	먹은 케이크	먹은 것
V 는 N	먹는 케이크	먹는 것
*V 는 것	요리하는 것（指料理這件事）	
*V 기	요리하기（將料理這個動作名詞化）	
V ㄹ / 을 / 울 N	먹을 케이크	먹을 것
A ㄴ / 은 / 운 / 는 N	큰 가방	큰 것

- 이것은 제 책이에요.　　　　這是我的書。

- 어제 먹은 케이크가 맛있었어요.　　昨天吃的蛋糕很好吃。

- 지금 먹는 케이크가 맛있어요?　　你現在吃的蛋糕好吃嗎？

- 저는 요리하는 것을 좋아해요.　　（較常用）我喜歡做料理（這件事情）。

- 저는 요리하기를 좋아해요.　　我喜歡做料理（這件事情）。

※因為「喜歡N」的韓文是「N을/를 좋아하다」，原本受詞前面應該要放N，但「做料理」是V，所以要把這個V名詞化，如「V는 것」、「V기」，是指「（做）V」這件事情。

- 그림(을) 그리다　　　　　　　　畫畫

- 저는 그림 그리는 것을 좋아해요.　　我喜歡畫畫（這件事情）。

- 저는 그림 그리기를 좋아해요.　　　我喜歡畫畫。

※冠形詞名詞化時，整個N裡的「을/를」通常會省略。

11. **上述所看到的基本助詞「이／가」、「은／는」、「을／를」，若要強調時使用如下：**

基本	強調	句型
은／는 →	이／가	・가：누가 김지은 씨입니까？　誰是金志恩？ 　나：제가 김지은입니다.　我是金志恩。 ※要強調「我」，所以用「저+가→제가」。 ・가：누가 지은 씨 동생이에요？　誰是志恩的妹妹？ 　나：지수 씨가 지은 씨 동생이에요.　智秀是智恩的妹妹。 ※要強調「志秀」，所以用「지수 씨가」。
이／가 →	은／는	・냉장고는 없어요.　沒有冰箱。 ※要強調「冰箱」是沒有的。
을／를 →	은／는	・콜라는 안 마셔요.　不喝可樂。 ※要強調不喝「可樂」。
에 →	에는	・수요일에는 시간이 있어요.　星期三有空。 ※要強調「星期三」是有空的。 ・미국에는 안 가요.　不去美國。 ※要強調「不去美國」。
에서 →	에서는	・교실에서는 담배를 피우면 안 돼요. 　在教室不可以吸菸。 ※要強調「在教室不可以」。

句型中的中文都沒有差別，但韓文有所不同。

12. 造句技巧：練習延伸句子，多做這種練習，爾後寫作自然難不倒你的。

가방	을 하나 샀어요 .	買了一個包包。
어제 가방	을 하나 샀어요 .	昨天買了一個包包。
어제 시장에서 가방	을 하나 샀어요 .	昨天在市場買了一個包包。
어제 친구와 같이 시장에서 가방	을 하나 샀어요 .	昨天和朋友一起在市場買了一個包包。
어제 친구와 같이 시장에서 큰 가방	을 하나 샀어요 .	昨天和朋友一起在市場買了一個大的包包。
어제 친구와 같이 시장에서 예쁘고 큰 가방	을 하나 샀어요 .	昨天和朋友一起在市場買了一個又漂亮又大的包包。

　　如此可以把原本的短句做更多變化及延伸，當然後段句子也可以做不同的變化，常練習造句口語也會進步，才能說出正確的句子。

單字代文法練習

1.

單字		V 原ㄴ/은/운N	V 原는N	V 原ㄹ/을/울N
배우다 문법	學 文法	배운 문법	배우는 문법	배울 문법
읽다 책	唸 書	읽은 책	읽는 책	읽을 책
만나다 친구	見面 朋友	만난 친구	만나는 친구	만날 친구
팔다ㄹ 집	賣 房	판 집	파는 집	팔 집
눕다ㅂ 침대	躺 床	누운 침대	눕는 침대	누울 침대

2.

單字		A 原 ㄴ / 은 / 운 / 는 N
예쁘다(ㅡ) 아이	漂亮 孩子	예쁜 아이
좁다(ㅂ) 방	窄 房間	좁은 방
달다(ㄹ) 사탕	甜 糖果	단 사탕
가볍다(ㅂ) 가방	輕 包包	가벼운 가방
멋있다 남자	帥 男生	멋있는 남자
빨갛다(ㅎ) 가방	紅 包包	빨간 가방
낫다(ㅅ) 핸드폰	比較好 手機	나은 핸드폰
가고 싶다 나라	想去 國家	가고 싶은 나라

韓文	詞性/中文	韓文	詞性/中文
머리	**N** 頭；頭髮	요리하다	**V** （做）料理
머리카락	**N** 頭髮	사탕	**N** 糖果
추천하다	**V** 推薦	설탕	**N** 砂糖
지우개	**N** 橡皮擦	곱창	**N** 牛小腸
호치키스	**N** 訂書機 （法語；hotchkiss）	자주	**ADV** 常常
설악산	**N** 雪嶽山（韓國地名）	가끔	**ADV** 偶爾
착하다	**A** 善良	사랑의 불시착	**N** 愛的迫降 （韓國電視劇）
정말	**ADV** 真的	현빈	**N** 玄彬（韓國演員名）
흡연	**N** 吸菸	손예진	**N** 孫藝珍（韓國演員名）
건강	**N** 健康	주연하다	**V** 主演
해롭다ⓗ	**A** 有害	원피스	**N** 連身洋裝；連身裙 （one piece）
포도	**N** 葡萄	강남고속버스터미 널역	**N** 江南高速巴士轉運站 （韓國地鐵站名）
토마토	**N** 番茄（tomato）	옷 구경	**N** 看衣服；逛街
방울	**N** 鈴鐺	옷 구경하다	**V** 看衣服；逛街
방울토마토	**N** 小番茄	쇼핑하다	**V** 逛街（shopping）
요리	**N** 料理		

문구용품	**N** 文具用品
귀엽다ⓗ	**A** 可愛
편하다	**A** 舒適；方便
유명하다	**A** 有名
참석하다	**V** 出席；參加（會議；聚會）
시식회	**N** 試吃會
시식하다	**V** 試吃
그림 전시회	**N** 畫展
산수화	**N** 山水畫
풍경화	**N** 風景畫
작가	**N** 作家；畫家
작품	**N** 作品

學個流行語吧！

- 컨셉러   比起價格和機能更重視自我風格的人

「컨셉」是英文「concept」（概念）形成外語「컨셉트」的誤用，在這裡加上「er」就成了重視概念、呈現這類人的指稱語。這些人認為東西就算貴點也沒關係，只要能讓自己更時髦更亮眼就行了。（不過這樣荷包可會大失血喔！）

노트장 (자기의 필기를 써 보세요)
│我的筆記（寫寫看自己的筆記）│

부산이 서울보다 더워요 .

釜山比首爾熱。

★重點文法

N 보다 ~	比起 N
N 에 비해서 ~	比起 N
N 에 비하여 ~	比起 N
V 原ㄴ / 은 / 운 것 같다	好像 V 了（的樣子）
V 原는 것 같다	好像（在）V（的樣子）
V 原ㄹ / 을 / 울 것 같다	好像要 V（的樣子）
A 原ㄴ / 은 / 운 것 같다	好像 A（的樣子）
A 原ㄹ / 을 / 울 것 같다	好像會 A（的樣子）
N 인 것 같다	好像是 N（的樣子）
N 일 것 같다	好像是 N（的樣子）
A/V 過을 것 같다	可能 A/V 了（的樣子）
N 였 / 이었을 것 같다	可能是 N 了（的樣子）
A/V 過던 것 같다	好像 A/V 了（的樣子）
N 였 / 이었던것 같다	好像是 N 了（的樣子）

회화 1 | 會話 1 |

소이 : 민호 씨는 방학하면 뭘 하고 싶으세요 ?
小怡 : 敏浩，放假的話你想做什麼？

민호 : 저는 한국에 벚꽃 구경하러 가고 싶습니다 .
敏浩 : 我想去韓國賞櫻。

소이 : 언제 가실 거예요 ?
小怡 : 你（打算）要什麼時候去呢？

민호 : 3 월 말에 가려고 합니다 .
敏浩 : 我想要在 3 月底去。

소이 : 그럼 부산은 어떠세요 ?
小怡 : 那釜山怎麼樣？

민호 : 부산요 ?
敏浩 : 釜山啊？

소이 : 네 , 부산이 서울보다 더 더워요 .
小怡 : 是，釜山比首爾更熱。

　　　그래서 부산에 벚꽃이 더 빨리 펴요 .
　　　所以釜山櫻花會更早開。

민호 : 그렇군요 .
敏浩 : 原來如此。

小提示

1. 「 N 은 / 는 어떠세요 ?」詢問對方的想法或感覺。
2. 「그럼」可替換為「그러면」。
3. 這裡的「방학」是學校的假期。如，寒暑假。

아래 단어를 회화에 넣어 이야기해 보세요 .
請把下列的單字代入會話中。

1. ① 연극을 보다   看舞台劇

    ② 보러 가시다   去看

    ③ 일요일   星期日

    ④ 대학로   大學路

    ⑤ 대학로   大學路

    ⑥ 대학로가 종로보다 극장이 더 많다   大學路劇場比鐘路更多

    ⑦ 사람들이 연극을 보러 대학로에 많이 가다   人們（大家）常去大學路看舞台劇

2. ① 한국어책을 사다   買韓文書

    ② 사러 가다   去買

    ③ 다음 주 토요일   下週六

    ④ 교보문고   教保文庫

    ⑤ 교보문고   教保文庫

    ⑥ 교보문고가 대학서점보다 훨씬 크다   教保文庫比大學書局更大

    ⑦ 저는 보통 교보문고에 가다   我通常去教保文庫

□ 문장 연습 1 | 短句練習 1（填空題）|

단어를 맞게 써넣으세요.

請填入正確的單字並完成句子。

보기 / 範例

①

香蕉 **바나나** 2,000 원　　　蘋果 **사과** 3,000 원

사과가 바나나보다 더 비싸요.

蘋果比香蕉貴。

②

壽司 **김밥**×　　　肉 **불고기**○

김밥보다 불고기를 더 좋아합니다.

比起壽司更喜歡烤肉。

俊浩 **준호 씨** 180cm 　　永洙 **영수 씨** 170cm

① _____ **더 커요 .** 　　俊浩比永洙高。

영수　준호

今天 **오늘 20 도** 　　昨天 **어제 13 도**

② _____ **더 따뜻합니다 .**

今天比昨天溫暖。

□ **번역 연습 1** ｜翻譯練習 1 ｜

아래의 중국어를 한국어로 번역해 보세요 .

請把下列中文翻譯成韓文。

1. 地下鐵比巴士快。

_____

2. 運動鞋比皮鞋舒適。

_____

3. 比起夏天（我）更喜歡秋天。

_____

4. 烤肉比炒年糕貴。

_____

수미 : <u>마리 씨에게 줄 생일 선물을</u> 사려고 하는데 <u>뭐가</u> 좋을까요 ?
秀美 : 想要買瑪麗的生日禮物，什麼好呢 ?

　　　（想要買送給瑪麗的生日禮物，買什麼好呢 ?）

지우 : <u>마리 씨가 좋아하는 가수가 있습니까</u> ?
志宇 : 瑪麗有喜歡的歌手嗎 ?

수미 : 네 , 마리 씨는 강다니엘을 좋아하는 것 같아요 .
秀美 : 是，瑪麗好像喜歡姜丹尼爾（的樣子）。

그리고 쉬는 시간에도 강다니엘의 노래를 듣는 것 같아요 .
而且休息時好像也在聽姜丹尼爾的歌。

지우 : 그럼 <u>강다니엘의 앨범을</u> 선물하면 어떨까요 ?
志宇 : 那送她姜丹尼爾的專輯如何 ?

수미 : 그게 좋겠네요 .
秀美 : 那個不錯耶 !

＊小提示

1. 「N 에게 주다」（給 N）（에게 = 한테，較口語）。
　「<u>N 에게 줄 생일 선물</u>」V ㄹ / 을 / 울 N（要給 N 的生日禮物）

2. 括號內的中文是文法式翻譯，為了在中→韓時更能迅速找到正確的文法，所以文法式翻譯也要記。

3. 「V(으) 면 어떨까요 ?」是很客氣地詢問對方「如果 V 如何 ?」。

□ **대치 연습 2** │替換練習 2│

아래 단어를 회화에 넣어 이야기해 보세요.
請把下列的單字代入會話中。

1. ① 어머니께 드릴 옷을 사다 買要送給媽媽的衣服
   ② 어떤 옷 哪一種衣服
   ③ 어머니께서 좋아하시는 색이 있으시다 媽媽有喜歡的顏色
   ④ 하얀색을 자주 입으시다 常穿白色衣服
   ⑤ 바지도 좋아하시다 也喜歡褲子
   ⑥ 흰색 바지를 선물 드리다 送白色褲子

2. ① 외국 친구하고 같이 가다 和外國朋友一起去
   ② 어디 哪裡
   ③ 친구가 좋아하는 것이 있다 朋友有喜歡的
   ④ 차를 좋아하다 喜歡茶
   ⑤ 자주 마시다 常喝
   ⑥ 인사동 전통찻집에 가다 去仁寺洞傳統茶坊

□ **문장 연습 2** │短句練習 2（填空題）│

단어를 맞게 써넣으세요.
請填入正確的單字並完成句子。

보기 / 範例

💬 밖에 비가 <u>오는</u> 것 같아요. (비가 오다) 外面好像在下雨（的樣子）。

💬 소미 씨가 요즘 아주 바쁜 것 같아요. (바쁘다) 小美最近好像很忙（的樣子）。

① 김치찌개가 조금 _____것 같습니다 .(맵다)

泡菜鍋好像有點辣（已吃）。

② 그 영화가 _____것 같아요 .(재미있다)

那部電影好像很好看（還沒看）。

③ 아버지께서 책을 _____것 같아요 .(읽으시다)

爸爸好像在看書。

④ 소미 씨가 다음 주에 한국에 _____것 같아요 .(가다)

小美下星期好像要去韓國。

□ **번역 연습 2** ｜ 翻譯練習 2 ｜

아래의 중국어를 한국어로 번역해 보세요 .

請把下列中文翻譯成韓文。

1. 秀智好像很喜歡韓劇。

   _____

2. 明天好像會冷。

   _____

3. 那個人好像是智宇的弟弟。

   _____

4. 這鞋子好像很舒適（已穿在腳上）。

   _____

N 보다 ~ 比起 N ~

　　這是比較用語，常與「더（更）／더욱더（更加）／**훨씬**（更）／**훨씬 더**（更加）／덜（更不）」等一起使用。

1. N₁ 이 / 가 N₂ 보다 A/V/N₃ 이다　N₁ 比 N₂ 更 A/V/ 是 N₃
　　（○）（×）

※「N이다」是「N입니다」的原形。

- 한국이 대만보다 춥습니다.　　　　　　　　　韓國比臺灣冷。

- 손님이 어제보다 더 많이 왔어요.　　　　　客人比昨天來了更多。

- 민철 씨가 수호 씨보다 훨씬 부자입니다.　敏哲比秀浩更是有錢人。

- 민철 씨가 수호 씨보다 돈이 더욱더 많습니다.　敏哲比秀浩更加有錢。

- 마이클 씨가 지우 씨보다 훨씬 더 커요.　麥克比志宇更高。

2. N₂ 보다 N₁ 이 / 가 A/V/N₃ 이다　N₁ 比 N₂ 更 A/V/ 是 N₃（比起 N₂，N₁ 更
　　（○）（×）
A/V/ 是 N3）

※「N보다」也可以放在最前面，意思相同。

- 대만보다 한국이 춥습니다.　　　　（比起臺灣韓國更冷）韓國比臺灣冷。

- 어제보다 손님이 더 많이 왔어요.　（比起昨天客人來了更多）客人比昨天來了更多。

- 비빔밥보다 김치찌개가 더 매워요.（比起拌飯泡菜鍋更辣）泡菜鍋比拌飯更辣。

3. 使用「보다」時，即使不加「더／더욱더／훨씬／훨씬 더」等副詞亦無所謂，但若要表述「更不~」時，一定要加「덜」。

- 김치찌개보다 비빔밥이 덜 매워요.

- 비빔밥이 김치찌개보다 덜 매워요.　拌飯比泡菜鍋（更）不辣。

- 대만이 한국보다 덜 추워요.

- 한국보다 대만이 덜 추워요.　　　臺灣比韓國（更）不冷。

4. 快速分辨法：

（1）

N_1 이 / 가 N_2 보다 N_2 보다 N_1 이 / 가	더 더욱더 훨씬 훨씬 더	N_1 比 N_2 更↑
N_1 이 / 가 N_2 보다 N_2 보다 N_1 이 / 가	덜 ～ 훨씬 덜 ～	N_1 比 N_2 更不↓

（2）若把「N 보다」蓋住，就可更迅速的做出判斷。

N_1 이 / 가 N₂ 보다 N₂ 보다 N_1 이 / 가	더 더욱더 훨씬 훨씬 더	N_1 比 N_2 更↑
N_1 이 / 가 N₂ 보다 N₂ 보다 N_1 이 / 가	덜 ～ 훨씬 덜 ～	N_1 比 N_2 更不↓

- 한국이 대만보다 더 추워요.

- 대만보다 한국이 더 추워요.　　韓國（比起臺灣）更冷。

- 비빔밥이 김치찌개보다 덜 매워요.

- 김치찌개보다 비빔밥이 덜 매워요.　拌飯（比起泡菜鍋）更不辣。

5. N 的部分可活用冠形詞做句子的變化與延伸。

N	N
N N	N（的）N
V ㄴ / 은 / 운 N	V 的 N
V 는 N	（在）V 的 N
V 는 것	在 V（的）N ／ V（這件事，名詞化）
V 기	V（這件事，名詞化）
V ㄹ / 을 / 울 N	要 V 的 N
A ㄴ / 은 / 운 / 는 N	A 的 N

- 마이클 씨 키가 수호 씨보다 더 커요.　　麥克的個子比秀浩高。
  　　　　N　　N

- 어제 산 가방이 이 가방보다 좋아요.　　昨天買的包包比這包包好。
  　V ㄴ/은/운＋N

- 지금 읽는 책이 지난주에 읽은 책보다 어려워요.
  　V는＋N　　　V ㄴ/은/운＋N
  現在在看的書比上週看的書難。

- 내일 볼 영화가 어제 본 것보다 더 재미있을 거예요.
  　V ㄹ/을/울＋N　V ㄴ/은/운＋N
  明天要看的電影，應該會比昨天看的更有趣。

- 저는 단 것보다 매운 것을 더 좋아합니다.　　比起甜的，我更喜歡辣的。
  　A ㄴ/은/운＋N　A ㄴ/은/운＋N

※想強調時「보다」後面可加「는」→「보다는」。
※「것을」可以縮為「걸」。

- 단 것보다는 매운 걸 더 좋아합니다.
  比起甜的，我更喜歡辣的。（我喜歡辣的勝於甜的。）

6. 延伸補充：可以用「N 에 비해서」替換，常在中高級使用。

> N 보다 ＝ N 에 비해 (서)　　　比起 N
> 　　　 ＝ N 에 비하여　　　　　比起 N

- 한국이 대만에 비해서 더 춥습니다.　韓國比臺灣冷。

문법 2 | 文法 2 |

好像～（的樣子）

　　這種句子一般對話中很常用，也會用於 1 人稱較婉轉表述自己的想法時，如「我覺得～」。將單字代入文法的方式，與冠形詞的形成方式相同。韓文是很有系統的，前面紮好基礎，後面就會輕鬆很多。

1. 動詞

時態	過去	現在	未來 / 推測
單字	V⑩ㄴ/은/운 것 같다 好像V了的樣子	V⑩는 것 같다 好像在V（的樣子） V고 있는 것 같다 好像正在V（的樣子）	V⑩ㄹ/을/울 것 같다 好像要V（的樣子）
사다　買	산 것 같다	사는 것 같다 사고 있는 것 같다	살 것 같다
먹다　吃	먹은 것 같다	먹는 것 같다 먹고 있는 것 같다	먹을 것 같다
만들다ㄹ 做	만든 것 같다	만드는 것 같다 만들고 있는 것 같다	만들 것 같다
듣다ㄷ　聽	들은 것 같다	듣는 것 같다 듣고 있는 것 같다	들을 것 같다
돕다ㅂ　幫助	도운 것 같다	돕는 것 같다 돕고 있는 것 같다	도울 것 같다

- 가 : 미영 씨는 어디에 있어요?　　　美英在哪裡？
  나 : 집에 간 것 같습니다 .　　　　好像回家了（的樣子）。

- 가 : 지호 씨는 지금 뭘 합니까?　　　志浩現在在做什麼？
  나 : 드라마를 보는 것 같아요 .　　　好像在看連續劇。
  　　(드라마를 보고 있는 것 같아요)

- 내일은 비가 안 올 것 같습니다. 　　　明天好像不會下雨（的樣子）。

- 오후에 비가 올 것 같아요. 　　　　　下午好像會下雨（的樣子）。

2. 形容詞

時態	現狀 / 推測	未來 / 推測
單字	A 原ㄴ / 은 / 운 / 는 것 같다 好像 A（的樣子）	V 原ㄹ / 을 / 울 것 같다 好像會 A（的樣子）
크다⊖　　　大	큰 것 같다	클 것 같다
작다　　　小	작은 것 같다	작을 것 같다
길다ㄹ　　長	긴 것 같다	길 것 같다
맛있다　好吃	맛있는 것 같다	맛있을 것 같다
덥다ㅂ　　熱	더운 것 같다	더울 것 같다
낫다ㅅ　比較好	나은 것 같다	나을 것 같다
빨갛다ㅎ　紅	빨간 것 같다	빨갈 것 같다
V 고 싶다　想 V	V 고 싶은 것 같다	V 고 싶을 것 같다

情境 1：試穿了鞋子之後，覺得有點大。（現況）

- 조금 큰 것 같아요. 　　　　　　　好像有點大（的樣子）。

情境 2：看到鞋子陳列在架子上，沒有實際去穿。（推測）

- 조금 클 것 같아요. 　　　　　　　好像（會）有點大（的樣子）。

情境 3：寒流來襲，氣溫下降。（現況）

- 좀 추운 것 같아요. 　　　　　　　好像有點冷（的樣子）。

情境 4：氣象預報表示明天氣溫會下降。（推測）

- 내일 좀 추울 것 같습니다. 　　　明天好像（會）有點冷（的樣子）。

3. 名詞

時態	推測	推測（推測成分更高）
單字	N 인 것 같다 好像是 N（的樣子）	N 일 것 같다 好像是 N（的樣子）
學生 학생	학생인 것 같다	학생일 것 같다

＊加上否定時

時態	推測	推測（推測成分更高）
單字	N 이 / 가 아닌 것 같다 好像不是 N（的樣子）	N 이 / 가 아닐 것 같다 好像不是 N（的樣子）
學生 학생	학생이 아닌 것 같다	학생이 아닐 것 같다

- 정우 씨가 은지 씨 남자 친구인 것 같아요.　正宇好像是恩芝男朋友（的樣子）。

- 희수 씨가 회장님 아들인 것 같아요.　　希秀好像是會長的兒子。

- 희수 씨가 회장님 아들일 것 같아요.
  希秀好像是會長的兒子。（推測成分更高）

- 이것은 금이 아닌 것 같습니다.　　　這個好像不是黃金。

- 그분은 대표님이 아닐 것 같아요.　　那位好像不是代表。（推測成分更高）

4. 延伸補充

（1）對於過去事件的推測（推測成分更高）

A/V 過 을 것 같다　　　　　N 였 / 이었을것 같다

- 은수 씨는 지금 한국에 도착했을 것 같아요.
  （我覺得）恩秀現在好像已經抵達韓國了。

- 한국은 어제 아주 추웠을 것 같습니다.　　（我覺得）韓國昨天可能很冷。

- 지영 씨는 모범생이었을 것 같아요.　　（我覺得）志英以前應該是模範生。

※韓文文法分得較細，所以常常會有翻成中文時感覺很像的情形，但若以「~것 같다」與「~ㄹ/을/울 거예요」來說，「~것 같다」的推測程度更高。

● 지영 씨는 모범생이었을 거예요.

　志英以前應該是模範生。（肯定成分相對較高）

（2）對於過去事件以回想的方式講述，亦會用於有點不太確定的回覆。

A/V ㉮ 던 것 같다　　　　　　　N 였 / 이었던것 같다

● 가 : 부산에 가 봤어요?　　　　　　有去過釜山嗎？
　　나 : 네 , 2 년 전에 갔던 것 같아요 .　是，好像是 2 年前去的。

● 작년에는 조금 추웠던 것 같습니다.　去年好像有點冷（的樣子）。

● 가 : 이 가방이 참 예쁘네요. 얼마였어요?　這包包很漂亮耶！多少錢？
　　나 : 30,000 원이었던 것 같아요 .　　好像是 30,000 元（的樣子）。

● 가 : 지난 생일에 받은 선물이 뭐였어요?　上次生日收到的禮物是什麼？
　　나 : 텀블러였던 것 같아요 .　　　　好像是隨手杯（的樣子）。

單字代文法練習

1. V ⓪ ㄴ / 은 / 운 것 같다、V ⓪ 는 것 같다、V ⓪ ㄹ / 을 / 울 것 같다

單字	V ⓪ ㄴ / 은 / 운 것 같다	V ⓪ 는 것 같다	V ⓪ ㄹ / 을 / 울 것 같다
오다　　來	온 것 같다	오는 것 같다	올 것 같다
보다　　看	본 것 같다	보는 것 같다	볼 것 같다
팔다ⓒ　賣	판 것 같다	파는 것 같다	팔 것 같다
입다　　穿	입은 것 같다	입는 것 같다	입을 것 같다
눕다ⓗ　躺	누운 것 같다	눕는 것 같다	누울 것 같다

2. A ⓪ ㄴ / 은 / 운 것 같다、A ⓪ ㄹ / 을 / 울 것 같다

單字	A ⓪ ㄴ / 은 / 운 것 같다	A ⓪ ㄹ / 을 / 울 것 같다
무겁다ⓗ　重	무거운 것 같다	무거울 것 같다
좋다　　好	좋은 것 같다	좋을 것 같다
따뜻하다　溫暖	따뜻한 것 같다	따뜻할 것 같다
예쁘다─　漂亮	예쁜 것 같다	예쁠 것 같다
쉽다ⓗ　簡單	쉬운 것 같다	쉬울 것 같다

3. N 인 것 같다、N 일 것 같다

單字	N 인 것 같다	N 일 것 같다
군인　　軍人	군인인 것 같다	군인일 것 같다
검사　　檢察官	검사인 것 같다	검사일 것 같다

더욱	**adv** 更
더욱더	**adv** 更加
훨씬	**adv** 更
훨씬 더	**adv** 更加
덜	**adv** 更不
훨씬 덜	**adv** 更不
부자	**N** 有錢人；父子
금 / 황금	**N** 黃金
텀블러	**N** 隨行杯；保溫瓶（tumbler）
벚꽃 구경하다	**V** 賞櫻
3 월 말	**N** 3 月底
앨범	**N** 專輯；相簿（album）
색 / 색깔	**N** 顏色
흰색 / 하얀색	**N** 白色
전통	**N** 傳統
찻집	**N** 茶屋；茶坊

사람들	**N** 人們
검사	**N** 檢察官

學個流行語吧！

- 눈바디　　　　　　　　　　　　　視覺體重

　　這是由「눈」（眼睛）和體重偵測產品「인바디」（InBody）結合而成的流行語。是指正在減肥的人，不以體重機顯示之數字為主，而是以肉眼所確認到的成效為主，所以每天早上會照著鏡子拍照後，再上傳到 IG 或 blog 上面紀錄減肥過程喔。

노트장 (자기의 필기를 써 보세요)
｜ 我的筆記（寫寫看自己的筆記）｜

第 10 課 解答　10 과 해답

替換練習 1

1. 퇴근하세요 ? / 6 시 40 분에 퇴근해요 . / 7 시에 학원에 가요 . /

　5 시 반에 퇴근해요 . / 6 시에 집에 가요 . / 집에 가시 / 드라마를 보면서 쉬어요 .

2. 학교에 가세요 ? / 9 시에 가요 . / 5 시에 집에 와요 . /

　8 시에 학교에 가요 . / 6 시에 식당에 가요 . / 식사하시 / 헬스클럽에 가요 .

短句練習 1

① 배우세요 ? / 한국어를 배워요 .

② 하세요 ? / 영화를 봐요 .

翻譯練習 1

1. 저는 월요일과 목요일에 운동해요 .

2. 보통 무슨 요일에 도서관에 가세요 ?

3. 어머니는 일요일에 슈퍼에 가세요 .

4. 선생님은 매일 한국어를 가르치세요 .

替換練習 2

1. 언니랑 여동생이 / 여동생 / 학교에 다닙니까 ? / 동생 / 직장인 /

　스물다섯이에요 .(스물다섯 살이에요 ./ 이십오 세예요 .)

2. 동생이 / 동생 / 대학교에 다닙니까 ? / 동생 / 고등학생 /

　열여덟이에요 .(열여덟 살이에요 . / 십팔 세예요 .)

短句練習 2

① 전화번호 / 공구삼팔의 오칠삼팔오사

② 여동생 / 열다섯입니다 . (열다섯 살이에요 . / 십오 세예요 .)

翻譯練習 2

1. 성함이 어떻게 되십니까 ? (되세요 ?)

2. 저는 서른다섯입니다 . (서른다섯이에요 . / 서른다섯 살입니다 . / 삼십오 세입니다 .)

3. 친구는 청소하면서 노래를 불러요 . (해요 .)

4. 어제 오후 세 시에 친구를 만났어요 .

第 11 課 解答 11과 해답

替換練習 1
1. 금요일 / 강남에 가 / 서점에 가 / 책을 사 / 무슨 책을 사 / 한국어책을 사 / 식사하
2. 연휴 / 한국에 가 / 동대문 시장에 가 / 옷을 사 / 무슨 옷을 사 / 롱패딩을 사 / 핑시에 가

短句練習 1
① 만나실 거예요 ? / 만나려고 해요 .
② 사실 거예요 ? / 사려고 해요 .

翻譯練習 1
1. 저는 커피숍에 가서 책을 읽으려고 해요 .
2. 어제 영화를 보려고 했어요 .
3. 청계천에 가서 사진을 찍으려고 해요 .
4. 딸기를 사서 딸기 케이크를 만들려고 해요 .

替換練習 2
1. 여의도 / 여의도 / 벚꽃을 구경하 / 벚꽃을 구경하고 백화점에 가 / 목걸이를 사 / 목걸이 /
   목걸이를 사 / 어머니께 드리 / 한국어를 배우려고 학교에 가요 .
2. 인사동 / 인사동 / 길거리 구경하 / 길거리 구경하고 네임태그를 만들어 / 선물을 하 / 네임태그 /
   네임태그를 만들어 / 친구한테 선물하 / 친구를 만나려고 홍대에 가요 .

短句練習 2
① 한국어를 배우 / 일하 / 한국어를 배워요 .
② 부산에 가 / 먹으 / 부산에 가요 .

翻譯練習 2
1. 커피를 한 잔 사서 수미 씨에게 주려고 해요 .
2. 옷을 한 벌 사서 할머니께 드리려고 해요 .
3. 꽃을 사서 누구에게 주려고 <u>해요 ?</u> (하세요 ?)
4. 민수 씨가 목걸이를 사서 누구에게 주려고 <u>했어요 ?</u> (하셨어요 ?)

第 12 課 解答 12 과 해답

替換練習 1

1. 배고픈데 / 닭갈비를 / 먹을까요 ? / 명동으로 / 닭갈비 / 먹 / 유가네가

2. 심심한데 / 영화를 / 볼까요 ? / 신촌으로 / 영화 / 보 / CGV 가

短句練習 1

① 먹을까요 ? / 먹어요 . (먹읍시다 .)

② 들을까요 ? / 들어요 . (들읍시다 .)

翻譯練習 1

1. 같이 도서관에 갈까요 ?

2. 오후에 같이 N 서울타워에 <u>가요</u> .(갑시다)

3. 8 월에 같이 한국에 <u>갈까요</u> ? (가실래요 ? / 갈래요 ?)

4. 저녁에 같이 치킨을 <u>먹어요</u> . (먹읍시다 .)

替換練習 2

1. 삼계탕 / 양이 많을까요 ? / 많아요 . / 삼계탕 / 삼계탕 / 삼계탕

2. 짜장면 / 짤까요 ? / 짜요 . / 짜장면 / 짜장면 / 짜장면

短句練習 2

① 드릴까요 ? / 감기약

② 드릴까요 ? / 드릴까요 ? / 차

翻譯練習 2

1. (저) 지금 뭘 할까요 ?

2. 한국어를 공부하세요 .

3. 언제 전화할까요 ?

4. 내일 오후에 하세요 .

解答

第 13 課 解答 13 과 해답

替換練習 1
1. 일요일 / 회를 먹으 / 노량진 / 영등포 / 쇼핑도 하려 / 쇼핑하 / 영등포 / 물건이 많으
2. 연휴 / 딸기를 따 / 담양 / 경복궁 / 한복도 입으려 / 한복을 입으 / 경복궁 / 한복이 예쁘

短句練習 1
① 한우를 먹으 / 맛있으
② 휴일이 / 놀 / 유람선을 타

翻譯練習 1
1. 날씨가 추우니까 많이 입었어요 .
2. 저는 보통 버스를 타고 학교에 가요 .
3. 같이 영화를 보러 가실래요 ?
4. 친구가 어제 감기약을 사러 약국에 갔어요 .

替換練習 2
1. 책을 빌리 / 도서관 / 언제 / 사람이 많으 / 오후에 갑시다 . / 책을 빌리고 커피를 마시 / 카페
2. 불고기를 먹으 / 명동 / 뭘 타고 / 길이 안 막히 / 택시로 갑시다 . / 불고기를 먹고 사진을 찍으러 / 남산

短句練習 2
① 오 / 타 / 택시
② 가까우 / 걸어서 / 힘드 / 지하철

翻譯練習 2
1. 일요일이니까 사람이 많아요 .
2. 친구는 버스를 타고 학교에 가요 . (친구는 버스로 학교에 가요 .)
3. 저는 한강에 유람선을 타러 가고 싶어요 .
4. 우리 같이 남산에 케이블카를 타러 갑시다 .

第 14 課 解答 14 과 해답

替換練習 1

1. 면세점에 가 / 신세계면세점 / 롯데면세점 / 롯데면세점 / 702 번 버스를 / 롯데백화점 앞 / 여권이 있어

2. 돈을 바꾸 / 일품향 / 대사관 / 대사관 / 2 호선을 / 을지로입구역 / 저녁 9 시 전에 가

短句練習 1

① 한국어를 잘하고 싶으 / 문장 만들기 연습을 많이 해

② 외국 여행을 가 / 여권이 있어

翻譯練習 1

1. 시간이 있으면 같이 여행을 갈까요 ?

2. 불고기를 만들려면 어떻게 해야 돼요 ?

3. 냉면이 매우면 물 좀 드세요 .

4. 물건이 많아서 가방이 커야 해요 . (돼요)

替換練習 2

1. 학생증을 만들 / 신청하 / 신분증하고 사진 한 장 / 신청비는 / 무료 / 신분증은 외국인 등록증이어야 /
   여권을 보여 주

2. 통장을 만들 / 통장을 만들 / 신청서하고 신분증 / 비용은 / 무료 / 꼭 도장을 찍어야 / 사인하

短句練習 2

① 오늘 끝내 / 내일 해

② 안 가 / 가

翻譯練習 2

1. 공부를 해야 돼서 여행을 못 가요 .

2. 돈을 바꿔야 해서 명동에 가려고 해요 .

3. 안 가도 되면 집에서 쉬고 싶어요 .

4. 선생님이 되려면 책을 많이 읽어야 해요 .

第 15 課 解答 15과 해답

替換練習 1

1. 통장을 만들 / 은행 / 갈 / 혼자 은행에 갈 / 택시도 잡을

2. 콘서트를 보 / 강남 / 버스를 탈 / 혼자 갈 / 티켓도 살

短句練習 1

① 숙제할 / 어려워

② 찍어 / 찍을 .

翻譯練習 1

1. 비가 와서 갈 수 없어요 . (비가 와서 못 가요 .)

2. (저를) 좀 도와주실 수 있어요 ? (「시」是敬語)

3. (저는) 프랑스어를 할 수 있어요 . (프랑스어를 할 줄 알아요 .)

4. 친구는 한국 노래를 부를 수 있어요 . (친구는 한국 노래를 부를 줄 알아요 .) / 친구는 한국 노래를 할
   수 있어요 . (친구는 한국 노래를 할 줄 알아요 .) ※唱歌也可以用「노래하다」。

替換練習 2

1. 퇴근하 / 서점에 가 / 한국어책을 한 권 골라 줄 / 골라 드릴 / 언제 갈까요 ? / 6 시에 갈

2. 수업이 끝나 / 동호회 모임에 가 / 저도 같이 갈 / 같이 가실 / 몇 시에 출발할까요 ? / 5 시에 출발할

短句練習 2

① 읽을 줄 / 읽을 수

② 올 / 아파 / 못 왔어요 .

翻譯練習 2

1. 한국어는 할 수 있지만 프랑스어는 할 수 없어요 .

   (할 수 있지만 = 할 수 있는데 = 할 줄 알지만 = 할 줄 아는데)

   (할 수 없어요 . = 할 줄 몰라요 . = 못해요 .)

2. 어제 바빠서 친구를 만날 수 없었어요 . (친구를 못 만났어요 .)

3. 여기서 사진을 찍을 수 있어요 ?

4. 케이크를 만들 수 있어요 ? (만들 줄 알아요 ?)

替換練習 1

1. 그림을 열심히 그리시 / 공모전 / 무슨 공모전에 참가하실 / 포스터 공모전에 참가하 / 입선됐 /
   잘 그리시 / 입선될

2. 열심히 운동하시 / 체육 대회 / 무슨 체육 대회에 나가실 / 전국 체육 대회에 나가 / 우리 팀이 이겼 /
   열심히 운동하시 / 이기실

短句練習 1

① 보면 (봤으면) / 쇼핑하면 (쇼핑했으면).

② 취득하면 (취득했으면) / 잘할 수 있으면 (잘할 수 있었으면).

翻譯練習 1

1. 한국에 가서 콘서트를 보면 좋겠어요 . (봤으면)

2. 생일에 핸드폰을 받을 수 있으면 좋겠어요 . (있었으면)

3. 방이 조금 크면 좋겠어요 . (컸으면)

4. 크리스마스에 눈이 오면 좋겠어요 . (왔으면)

替換練習 2

1. 신촌 / 3 호선을 타 / 3 호선을 타시 / 2 호선을 타셔 /
   다음 학기 등록금을 내셨어요 ? / 안 냈는데 다음 달에 내 /
   이번 주까지 내시

2. 롯데백화점 / 4 호선을 타 / 4 호선을 타시 / 2 호선을 타셔 /
   보고서를 제출하셨어요 ? / 안 냈는데 다음 주에 제출하 /
   오늘까지 제출하시

短句練習 2

① 찍으면 안 돼요 ? / 찍으

② 읽지 않으면 / 안 읽으면

翻譯練習 2

1. 여기에 쓰레기를 버리면 안 돼요 .(쓰레기를 여기에 버리면 안 돼요 .)

2. 한국어를 공부하지 않으면 안 돼요 .

3. (저) 혼자 가면 돼요 .

4. 도서관이 크지 않으면 안 돼요 .

第 17 課 解答 17과 해답

替換練習 1

1. 예쁜 원피스를 봤어요 . / 옷을 사 / 강남고속버스터미널역 / 싸고 예쁜 옷들 / 멀어요 . /
   옷 구경 / 옷 구경하는 것 / 쇼핑해요 .

2. 귀여운 노트를 봤어요 . / 문구용품을 사 / 종로 / 큰 서점 / 걸어야 해요 . / 걷는 것 / 걷는 것 /
   산책해요 .

短句練習 1

① 따뜻한 커피 .

② 편한 운동화 .

翻譯練習 1

1. 공항에서 유명한 가수를 봤어요 .

2. 짧은 치마를 사고 싶어요 .

3. 어떤 영화를 좋아하세요 ?

4. 즐거운 여행이었어요 .

替換練習 2

1. 즐거운 모임에 참석했어요 . / 모임이었 / '라사모'였 / 라면을 사랑하는 사람들의 모임이었 /
   라면을 / 유명한 맛집이나 시식회 / 가요 / 라면을

2. 그림 전시회에 갔어요 . / 그림 전시회였 / 산수화 전시회였 / 배남주 작가의 작품들이었 / 풍경화를 /
   산수화 작품이 있는 전시회 / 보러 가요 . / 산수화를

短句練習 2

① 어제 받은 선물

② 내일 만날 친구

翻譯練習 2

1. 제가 지금 보는 영화가 재미있어요 .

2. 어제 간 시장은 광장시장이었어요 .

3. 내일 만들 케이크는 딸기 케이크예요 .

4. 공항으로 가는 버스가 어디에 있어요 ?

第 18 課 解答 18과 해답

替換練習 1

1. 연극을 보 / 보러 가실 / 일요일 / 대학로는 / 대학로 / 대학로가 종로보다 극장이 더 많아요 . /
   사람들이 연극을 보러 대학로에 많이 가요 .
2. 한국어책을 사 / 사러 가실 / 다음 주 토요일 / 교보문고는 / 교보문고 /
   교보문고가 대학서점보다 훨씬 커요 . / 저는 보통 교보문고에 가요 .

短句練習 1

① 준호 씨가 영수 씨보다 (키가) / 영수 씨보다 준호 씨가
② 오늘은 어제보다 / 어제보다 오늘이

翻譯練習 1

1. 지하철이 버스보다 더 빨라요 . / 버스보다 지하철이 더 빨라요 .
2. 운동화가 구두보다 더 편해요 . / 구두보다 운동화가 더 편해요 .
3. 여름보다 가을을 더 좋아해요 . / 가을을 여름보다 더 좋아해요 .
4. 불고기가 떡볶이보다 더 비싸요 . / 떡볶이보다 불고기가 더 비싸요 .

替換練習 2

1. 어머니께 드릴 옷을 사 / 어떤 옷이 / 어머니께서 좋아하시는 색이 있으십니까 ? /
   하얀색을 자주 입으시 / 바지도 좋아하시 / 흰색 바지를 선물 드리
2. 외국 친구하고 같이 가 / 어디가 / 친구가 좋아하는 것이 있습니까 ? / 차를 좋아하 / 자주 마시 /
   인사동 전통찻집에 가

短句練習 2

① 매운
② 재미있을
③ 읽으시는
④ 갈

翻譯練習 2

1. 수지 씨는 한국 드라마를 좋아하는 것 같아요 .
2. 내일은 추울 것 같아요 .
3. 그 사람은 지우 씨 (의) 동생인 것 같아요 .
4. 이 신발이 편한 것 같아요 .

ㄱ ㄲ	中文
N 을 / 를 가지고 가다	帶 N 去
가끔	偶爾
가볍다ⓗ	輕
간식	點心
강남고속버스터미 널역	江南高速巴士轉運站（韓國地鐵站名）
건강	健康
검사	檢察官
겨울 방학	寒假
경복궁	景福宮（韓國古蹟名）
경주	慶州（韓國地名）
경희대	慶熙大（韓國大學名；「경희대학교」慶熙大學）
계란	雞蛋
계좌	帳戶
고등학교	高中
고등학생	高中生
고속버스	高速巴士
고속철	高鐵
곱창	牛小腸
공연	表演
공항	機場
괜찮다	沒關係；可以；還行；不用
구경을 하다	觀看；觀賞；逛街
구경하다	觀看；觀賞；逛街
굽다ⓗ	烤
귀엽다ⓗ	可愛

	中文
그러니까	因此；所以
그리다	畫（畫）
그림 전시회	畫展
금	黃金
기능	機能；功能
기차	火車
까지	到～為止
꼭	一定
끓이다	煮（湯可以喝的）
끝나다	結束

ㄴ	中文
N 에 나가다	參加～（比賽）
나뚜루팝	Natuur Pop（韓國冰淇淋品牌店名）
날씬하다	苗條
남산	南山（韓國地名）
낮	白天
내다	繳；交（錢；作業）
네임태그	行李吊牌（name tag）
노래	歌
노래를 부르다	唱歌
노래를 하다	唱歌
노량진	鷺梁津（韓國地名）
노트북	筆電（notebook）
눕다ⓗ	躺

ㄷ ㄸ	中文
다니다	上～（班）；上～（學）；（固定）去～

N 에 다니다	上～（班）；上～（學）；（固定）去～N
다시 V	重新 V；再 V
다음 N	下（個）N
단수이	淡水（臺灣地名）
닭	雞
닭갈비	雞肋排；雞排
닭고기	雞肉
담배	香菸
담수	淡水（臺灣地名）
담양	潭陽（韓國地名）
대기업	大企業
대사관	大使館；大使館（韓國換錢所名）
대학교	大學
대학생	大學生
대학원	研究所（碩士班、博士班）
대학원생	研究生（碩士班、博士班）
더욱	更
더욱더	更加
덜	更不
도장	印章
동아리	（學校）社團
돼지	豬
돼지고기	豬肉
들어가다	進去
등록금	報名費；註冊費
N 에 등록하다	報名 N；註冊 N

따다	摘；取
딸기	草莓
떠나다	離開

ㄹ	中文
라면	泡麵
롯데면세점	樂天免稅店（韓國免稅店）
롱패딩	長版羽絨衣（long padding）

ㅁ	中文
마장동	馬場洞（韓國地名）
마트	大賣場
막히다	塞
매다	繫
머리	頭；頭髮
머리카락	頭髮
면세점	免稅店
명동	明洞（韓國地名）
몇	幾～；多少
목걸이	項鍊
무겁다 ⓗ	重
무료	免費
무방하다	無妨
문구용품	文具用品
문장 만들기 연습	練習造句
물가	水邊；河邊；物價
물건	東西
물고기	魚（水裡游的）

ㅂ ㅃ	中文
바꾸다	換
반드시	務必
발	腳
밝다	亮
밤	晚上；夜晚：栗子
방울	鈴鐺
방울 토마토	小番茄
배	船
배추	大白菜
버스	公車（bus）
버리다	丟棄
벚꽃	櫻花
벚꽃 구경하다	賞櫻
보고서	報告
보다	看
보여 주다	出示～；給～看
보통	通常
볶다	炒
부자	有錢人；父子
N 부터	N 開始
비비다	拌
비용	費用
비행기	飛機
빌리다	借
빵집	麵包店

ㅅ ㅆ	中文
사과	蘋果；道歉

사람들	人們
사랑의 불시착	愛的迫降（韓國電視劇名）
사용하다	使用
사인하다	簽名
사진	照片
사탕	糖果
산수화	山水畫
산책하다	散步
삶다	煮（不喝湯的）
상관없다	無所謂
상자	箱子
새벽	凌晨
색	顏色
색깔	顏色
샌드위치	三明治（sandwich）
생선	魚（料理用；食用的）
서로	彼此；互相
선물	禮物
설악산	雪嶽山（韓國地名）
설탕	砂糖
성공하다	成功
성능	性能
셔틀버스	接駁車（shuttle bus）
소	牛
소고기	牛肉
쇠고기	牛肉
소설	小說
손	手

손님	客人
손예진	孫藝珍（韓國演員名）
쇼핑하다	購物（shopping）
슈퍼 (마켓)	超市（super market）
스쿠터	輕型機車（scooter）
스키를 타다	滑雪（ski）
시간	時間
시끄럽다ⓗ	吵鬧
시식하다	試吃
시식회	試吃會
시작하다	開始
시험을 보다	考試
시험을 잘 보다	考好（考試）
신다	穿（鞋、襪）
신분증	身分證
신세계면세점	新世界免稅店（韓國免稅店）
신청비	申請費
신청서	申請書
신청하다	申請
신촌	新村（韓國地名）
심심하다	無聊
쓰레기	垃圾

ㅇ	中文
아르바이트하다	打工（德語：arbeit）
알바하다	打工（「아르바이트하다」的簡寫）
아이스크림	冰淇淋（ice cream）
아침	早上；早餐

앨범	專輯；相簿（album）
야식	宵夜
약	藥
양	羊
양고기	羊肉
어둡다ⓗ	暗
어떻게	怎麼
어떻게 + V	怎麼 V
어린이	兒童
에스컬레이터	電扶梯（escalator）
엑시트	Exit（Exit；韓國電影名稱）
엘리베이터	電梯（elevator）
엠알티	捷運（MRT, Mass Rapid Transit；泛指臺北捷運）
여권	護照
여름 방학	暑假
여의도	汝夷島（韓國地名）
연락처	聯絡方式（電話、電子郵件信箱、地址等）
연습하다	練習
연예인	藝人
연휴	連續假期；連休
열심히	認真地
영등포	永登浦（韓國地名）
영화	電影
오전	上午
오징어	魷魚
오토바이	摩托車（auto bike）
오후	下午

온종일	一整天	일어나다	起床；起來：發生
옷 구경	看衣服；逛街	일품향	一品香（韓國換錢所名）
옷 구경하다	看衣服；逛街	입다	穿
외국 여행	國外旅遊	입선되다	入選（作品被選上）
외국인	外國人		
외국인 등록증	外國人登錄證（居留證）	ㅈ ㅉ	中文
요리	料理	자격증	證照
요리하다	（做）料理	자전거	腳踏車
우산	雨傘	자주	常常
운동화	運動鞋	작가	作家；畫家
운전하다	開車	작품	作品
원피스	連身洋裝；連身裙（one piece）	잡다	攔（計程車）；抓住
월	月	저녁	傍晚；晚餐
3월 말	3月底	N 전	N 前
유가네	柳家（韓國店名）	전국	全國
유람선	遊覽船	전시회	展覽；展示會
유명하다	有名	전주	全州（韓國地名）
유지하다	維持	전철	地下鐵
육회	生牛肉	전통	傳統
은행	銀行	전화번호	電話號碼
을지로입구역	乙支路入口站（韓國地鐵站名）	점심	中午；中餐
이기다	贏；獲勝	정도	大約～；左右
이따 (가)	待會	정말	真的
이메일 주소	電子郵件信箱	제주도	濟州島（韓國地名）
이번	這次	제출하다	交；提出
이용하다	利用；使用	조용하다	安靜
일	日；事情：工作	졸업하다	畢業
		주소	地址

주연하다	主演	초등학생	國小生
줄	繩子；隊伍	추천하다	推薦
중소기업	中小企業	출근하다	上班
중원대학교	中原大學（臺灣大學名）	취득하다	取得
중학교	國中	ㅋ	中文
중학생	國中生	카페	咖啡廳（cafe）
지다	輸	컴퓨터	電腦（PC；computer）
지우개	橡皮擦	케이블카	纜車（cable car）
지하철	地下鐵	코스트코	好市多（Costco）
쯤	大約～左右	크루즈	郵輪（cruise）
찌다	蒸	크리스마스	聖誕節（Christmas）
찍다	沾（醬）；拍（照）；蓋（章）		

ㅊ	中文
차	車；茶
차를 몰다	開車
착용하다	繫
착하다	善良
참가자	參加者
참가하다	參加
참석하다	出席；參加（會議；聚會）
찻집	茶屋；茶坊
청계천	清溪川（韓國地名）
체육대회	體育大會
체크아웃하다	退房（Check-out）
체크인하다	辦理住房（Check-in）
초등학교	國小

ㅌ	中文
택시	計程車（taxi）
텀블러	隨行杯；保溫瓶（tumbler）
토마토	番茄（tomato）
통장	存摺
퇴근	下班
퇴근하다	下班
튀기다	炸
팀	團隊（team）

ㅍ	中文
편하다	舒適；方便
평일	平日
포도	葡萄
포스터	海報（poster）

單字索引

포스터 공모전	海報設計比賽
풍경화	風景畫
피우다	吸（菸）
필요하다	需要
핑시	平溪（臺灣地名）

ㅎ	中文
하루 종일	一整天
하얀색	白色
학기	學期
학생증	學生證
한가하다	空閒
한강	漢江（韓國河川名）
한국어능력시험	韓國語文能力測驗（TOPIK）
한돈	韓豚
한복	韓服
한우	韓牛
합격하다	合格；考上
해롭다ⓗ	有害
해물전	海鮮煎餅
핸드폰	手機（hand phone）
헬스클럽	健身房（health club）
현빈	玄彬（韓國演員名）
혜화동	惠化洞（韓國地名，又稱「대학로」大學路）
호치키스	釘書機（法語；hotchkiss）
혼자	一個人
혼자（서）가다	獨自一個人去

홍대	弘大（韓國校名；「홍익대학교」弘益大學）
환전소	換錢所
황금	黃金
회	生魚片
회의	會議
N 후	N 後
훨씬	更
훨씬 더	更加
훨씬 덜	更不
휴일	假日
흡연	吸菸
흰색	白色

其他	
CGV	CGV；씨지브이（韓國電影院名）
KTX	KTX；케이티엑스（韓國高鐵）
PC	電腦
TOPIK	TOPIK；한국어능력시험（Test of Proficiency in Korean；韓國語文能力測驗）

國家圖書館出版品預行編目資料

韓國語，一學就上手！〈初級2〉/ 張莉荃著
-- 初版 -- 臺北市：瑞蘭國際, 2020.07
208面；19 × 26公分 --（外語學習系列；79）
ISBN：978-957-9138-79-6（平裝）
1.韓語 2.讀本

803.28   109005704

外語學習系列 79

韓國語，一學就上手！〈初級2〉

作者｜張莉荃
責任編輯｜潘治婷、王愿琦
校對｜張莉荃、潘治婷、王愿琦

韓語錄音｜張莉荃、李知勳
錄音室｜采漾錄音製作有限公司
封面設計、版型設計｜劉麗雪
內文排版｜陳如琪
美術插畫｜Syuan Ho

瑞蘭國際出版

董事長｜張暖彗 · 社長兼總編輯｜王愿琦
編輯部
副總編輯｜葉仲芸 · 副主編｜潘治婷 · 文字編輯｜鄧元婷
美術編輯｜陳如琪
業務部
副理｜楊米琪 · 組長｜林湲洵 · 專員｜張毓庭

法律顧問｜海灣國際法律事務所　呂錦峯律師

出版社｜瑞蘭國際有限公司 · 地址｜台北市大安區安和路一段 104 號 7 樓之 1
電話｜(02)2700-4625 · 傳真｜(02)2700-4622 · 訂購專線｜(02)2700-4625
劃撥帳號｜19914152 瑞蘭國際有限公司
瑞蘭國際網路書城｜www.genki-japan.com.tw

總經銷｜聯合發行股份有限公司 · 電話｜(02)2917-8022、2917-8042
傳真｜(02)2915-6275、2915-7212 · 印刷｜科億印刷股份有限公司
出版日期｜2020 年 07 月初版 1 刷 · 定價｜420 元 · ISBN｜978-957-9138-79-6